杉田久女全句集

杉田久女
坂本宮尾＝編

角川文庫
23783

文をよむ久女と次女・光子（大正十年）

かごしま近代文学館所蔵

目次

杉田久女句集

悼　久女

思ひ出し悼む心や露滋し　虚子

序

杉田《すぎた》久女《ひさじょ》さんは大正昭和にかけて女流俳人として輝やかしい存在であった。ホトトギス雑詠の投句家のうちでも群を抜いていた。生前一時その句集を刊行したいと言って私に序文を書けという要請があった。喜んでその需《もと》めに応ずべきであったが、その時分の久女さんの行動にやや不可解なものがあり、私はたやすくそれに応じなかった。この事は久女さんの心を焦立《いらだ》たせてその精神分裂の度を早めたかと思われる節も無いではなかったが、しかしながら、私はその需めに応ずることをしなかった。

久女さんの歿後《ぼつご》、その長女の石昌子《まさこ》さんから、母の遺稿を出版したいのだが一応目を通してくれないか、という依頼を受けた。私は喜んで御引受けするという返事を出した。送って来たその遺稿というのを見ると、全く句集の体《てい》を為《な》さない、ただ乱雑に書き散らしたものであった。それを整正しかつ清書する事を昌子さんに話した。昌子さんは丹念にそれを清書して再びその草稿を送って来た。私は句になっていると思われるものに○を附して、それを返した。その面白いと思われる句は、かつてホトトギスの雑詠欄その他で一通り私の目に触れたものである様に思えた。他に遺珠《いしゅ》と思われるものはそう沢山は無かった。試みにその句数句を挙げてみようならば、

無憂華の樹かげはいづこ仏生会
灌浴の浄法身を拝しける
花衣ぬぐやまつはる紐いろ〳〵
むれ落ちて楊貴妃桜尚あせず
咲き移る外山の花をめで住めり
桜咲く宇佐の呉橋うちわたり
風に落つ楊貴妃桜房のまゝ
むれ落ちて楊貴妃桜房のまゝ
菊干すや東籬の菊もつみそえて
摘み競ひ企玖の嫁菜は籠にみてり

これらの句は清艶高華《せいえんこうか》であって、久女独特のものである。なお、この種の句は他に多い。生前の序文を書けというその依嘱《いしょく》に応ずる事が出来なかった私は、昌子さんの求めるままに丹念にその句を克験してこれを返した。

昭和二十六年八月十六日

鎌倉草庵
高浜虚子

堺町（大正七年より昭和四年まで）

春寒や刻み鋭き小菊の芽
麦の芽に日こぼす雲や春寒し
春寒の髪のはし踏む梳手かな
春寒やうけしまゝ置く小盞《こさかづき》
揃はざる火鉢二つに余寒かな
鳥の餌の草摘みに出し余寒かな
春暁の窓掛け垂れて眠りけり

春暁の夢のあと追ふ長まつげ
春暁の紫玉菜抱く葉かな
草庵やこの絵ひとつに春の宵
小鏡にうつし拭く墨宵の春
春の夜のねむさ押へて髪梳けり
鉄瓶あけて春夜の顔を洗ひ寝し
春の夜や粧ひ終へし蠟短か
春の夜のまどゐの中にゐて寂し
吊革に春夜の腕しなはせて
ゆく春やとげ柔らかに薊の座

ゆく春の流に沿うて歩みけり
のぞき見ては塀穴ふさぐ日永かな
あたたかや水輪ひまなき廂うら
あたたかや皮ぬぎ捨てし猫柳
弥生尽日芥子こまごまと芽生えけり
淡雪にみな現はれし葉先かな
東風吹くや耳現はるゝうなゐ髪
船板に東風の旗かげ飛びにけり
春の雨苗すこやかに届きけり
春雨や土押し上げて枇杷二葉

春雨の畠に灯流す二階かな
春雨や畳の上のかくれんぼ
菓子ねだる子に戯画かくや春の雨
歯茎かゆく乳首かむ子や花曇
嵐山の枯木もすでに花曇
春泥に柄浸けて散れる木の実赤
浮きつづく杭根の泡や水ぬるむ
ぬるむ水に棹張りしなふ濁りかな
水ぬるみ網打ち見入る郵便夫
少し転げてとどまる蜷《にな》や水ぬるむ

土出でて歩む蟇見ぬ水ぬるむ

春著きるや裾踏み押へ腰細く

髷重きうなじ伏せめに春著かな

春襟やゝ句会つゞくこの夜ごろ

鬢かくや春眠さめし眉重く

風をいとひて鬢に傾げし春日傘

道のべの茶すこし摘みて袂かな

嫁菜摘むうしろの汽笛かへり見ず

草摘む子幸あふれたる面かな

草摘むとしもなく子等を従へし

簷《のき》に吊る瓢の種も蒔かばやな
芥子蒔くや風に乾きし洗ひ髪
青き踏むや離心抱ける友のさま
姉ゐねばおとなしき子やしやぼん玉

私立女学校に図画を教ふ　一句

押し習ふ卒業式の太鼓判
入学児に鼻紙折りて持たせけり
燕来る軒の深さに棲みなれし
藪風に蝶ただよへる虚空かな
蝶来初めぬ北窓畠に開けてすむ

もつれ映りて河を横切る蝶々かな
蝶の目に触れてきびしき小花かな
蝶去るや葉とぢて眠るうまごやし
蝶とまりて静かに翅をたたむ花
すこし飛びて又土にあり翅破れ蝶
旭注ぐや蝶に目醒めしうまごやし
指輪ぬいて蜂の毒吸ふ朱唇かな
さしゝ蜂投げ捨てし菜に歩み居り
椿流るゝ行衛を遠くおもひけり
木立ふかく椿落ちゐし落葉かな

褄《つま》とりてこゞみ乗る幌花の雨
バイブルをよむ寂しさよ花の雨
花衣ぬぐやまつはる紐いろ〳〵
木々の芽の苞吹きとべる嵐かな
今掃きし土に苞ぬぐ木の芽かな
晴天に苞押しひらく木の芽かな
荘の道躑躅となりて先上り
花ふかく躑躅見る歩を移しけり
青麦に降れよと思ふ地のかわき
青麦ややたらに歩み気が沈む

青麦に潮風ねばく吹き狂ふ
捨てである花菜うれしや逢はで去る
花畠に糞する犬を憎みけり
花大根に蝶漆黒の翅をあげて
月おそき畦おくられぬ花大根
活くるひま無き小《こ》繡《で》毬《まり》や水瓶に
春蘭にくちづけ去りぬ人居ぬま
春燈消えし闇にむき合ひ語りゐし
大江戸の雛なつかしむ句会かな
雛菓子に足投げ出せる人形たち

手より手にめで見る人形宵節句
ほゝ笑めば簪《かんざし》のびらや雛の客
幕垂れて玉座くらさや雨の雛
函を出てより添ふ雛の御契り
古雛や花のみ衣《けし》の青丹美し
雛愛しわが黒髪をきりて植ゑ
古雛や華やかならず臈たけれ
髪そぎて臈たく老いし雛かな
古りつつも雛の眉引匂やかに
紙雛のをみな倒れておはしけり

雛市に見とれて母におくれがち
雛買うて疲れし母娘食堂へ
瓔珞揺れて雛顔暗し蔵座敷
雛の間や色紙張りまぜ広襖

＊

縫ふ肩をゆすりてすねる子暑さかな
鬢の香のいきるる夜かな鳴く蛙
月の輪をゆり去る船や夜半の夏
日盛の塗下駄ぬげば曇りかな
旱魃の舗道はふやけ靴のあと

萱の中に花摺る百合や青嵐

一間より僧の鼾や青嵐

松の根の苔なめらかに清水吸ふ

衣更て帯上赤し厨事

みづみづとこの頃肥り絹袷

眉かくや顔ひき締る袷人

夏の帯広葉のひまに映り過ぐ

夏の帯翡翠にとめし鏡去る

後妻《うはなり》の姑の若さや藍ゆかた

洗ひ髪かわく間月の籐椅子に

四季の句のことに水色うちはかな
なつかしき水色うちは師の句かな
照り降りにさして色なし古日傘
麻蚊帳に足うつくしく重ね病む
稲妻に面をうたす蚊帳かな
母の帯巻きつゝ語る蚊帳の外
コレラ怖ぢ蚊帳吊りて喰ふ昼餉かな
蚊帳の中団扇しきりに動きけり

上阪　一句

母と寝てかごときくなり蚊帳の月

蚊帳の中より朝の指図や旅疲れ
蒼海の落日とゞく蚊帳かな
蚊帳吊りて旅疲れなし雨後の月
縁側に夏座布団をすゝめけり
打水に木蔭湿れる茶店かな
水打つて石涼しさや瓜をもむ
玄海に連なる漁火や窓涼み
夕凪や釣舟去れば涼み舟
遊女らの涼める前を通りけり
遊船のさんざめきつゝすれ違ひ

灯せる遊船遠く現はれし
夏祭髪を洗つて待ちにけり
風鈴に黍畠よりの夜風かな
孤り居に風鈴吊れば黍の風
帽子ぬぐや汗に撚《よ》れあふもつれ髪
金魚掬ふ行水の子の肩さめし
虫干やつなぎ合はせし紐の数
さうめんや孫にあたりて舅不興
新茶汲むや終りの雫汲みわけて
枕つかみて起上りたる昼寝かな

夏痩のおとがひうすく洗ひ髪
夏痩や頬も色どらず束ね髪
ホ句のわれ慈母たるわれや夏痩ぬ
子らたのし夏痩もせず海に山に
帰省子に糸瓜大きく垂れにけり

櫓山山荘　一句

水汲女に門坂急な避暑館
湖を泳ぎ上りし木蔭かな
羅を裁つや乱るゝ窓の黍
夕闇の中に蟇這ふけはひかな

つれ〴〵のわれに蟇這ふ小庭かな

昼灯すみ山燈籠やひきがへる

生き鮎の鰭《ひれ》をこがせし強火かな

笹づとをとくや生き鮎ま一文字

獺《うそ》にもとられず小鮎釣り来し夫をかし

鮎やけば猫梁《うつばり》を下りて来し

登り来ては杭をとび散る羽蟻かな

雌を追うて草に腹返す蠑螈《ゐもり》の緋

ゐもり釣る童の群にわれもゐて

玉虫や瑠璃翅乱れて畳とぶ

草に落ちし蛍に伏せし面輪かな
蛍籠広葉の風に明滅す
こがね虫葉かげを歩む風雨かな
燕に機窓明けて縫ひにけり
訪ふを待たでいつ巣立ちけむ燕の子
むきかはる通風筒に蚊喰鳥
蟬時雨日《ひ》斑《まだら》あびて掃き移る
蟬涼しわがよる机大いなる
雨のごと降る病葉の館かな
夕顔に水仕もすみてたゝずめり

夕顔やひらきかゝりて襞《ひだ》深く
夕顔を蛾の飛びめぐる薄暮かな
逍遙や垣夕顔の咲く頃に
夕顔を見に来る客もなかりけり
仮名かきうみし子にそらまめをむかせけり
忍び来て摘むは誰が子ぞ紅苺
苺摘む盗癖の子らをあはれとも
睡蓮や鬢に手あてて水鏡
おのづから流るゝ水《な》葱《ぎ》の月明り
笑みをふくんで牡丹によせし面輪かな

黄薔薇や異人の厨に料理会
貧しき家をめぐる野茨月貴と
夏草に愛慕濃く踏む道ありぬ
月光揺れて夏草の間を流れかな
貧しき群におちし心や百合に恥づ
蕗むくやまた襲ひきし歯のいたみ
住みかはる扉の蔦若葉見て過ぎし
厨着ぬいでひとり汲む茶や若楓
傘にすけて擦りゆく雨の若葉かな
月見草に月尚さゝず松の下

茄子苗の日除し置いてまた縫へり

茄子もぐや日を照りかへす櫛のみね

茄子もぐや天地の秘事をさゝやく蚊

富家の茄子我つくる茄子に負けにけり

月に出て水やる音す茄子畠

牛蒡葉に雨大粒や竿入るゝ

葉がくれの星に風湧く槐かな

虚子先生御来関　下ノ関にて

簀戸たてゝ棕梠の花降る一日かな

針もてばねむたきまぶた藤の雨

寂しがる庵主とありぬ唐菖蒲
子犬らに園めちやくちやや箒草
つれづれの小簾《をす》捲きあげぬ濃紫陽花
箒目に落をこぼす柚の樹かな
蓮咲くや旭まだ頬に暑からず
水暗し葉をぬきん出て大蓮華
日を遮る広葉吹きおつ日ごと〳〵
汲みあてゝ花苔剝げし釣瓶かな
瓜一つ残暑の草を敷き伏せし

櫓山臨海学校　一句

麦湯沸かしくど日もすがら松の根に
親雀キャベツの虫を喰へ飛ぶ
秋来ぬとサファイア色の小鰺買ふ
秋のごと瞳澄めば嬉し鏡拭く
袂かむやまなじり上げて秋女
秋暑し熱砂にひたと葉つぱ草
障子しめて灯す湯殿や秋涼し
新涼や紫苑をしのぐ草の丈
新涼や日当りながら竹の雨
新涼の雨吸ひ足りて砂畠

新涼やほの明るみし柿の数

新涼や濡れ髪ほのと束ねぐせ

新涼や障子はめある化粧部屋

秋涼し朝刊をよむ蚊帳裾《すそ》濃《ご》

二百十日の月穏やかに芋畠

二百十日の月玲瓏と花畠

編物やまつ毛目下に秋日かげ

白豚や秋日に透いて耳血色

秋の日や啼き疲れ寝し縛り犬

秋の夜の敷き寝る袴たゝみけり

汝を泣かせて心とけたる秋夜かな
さみし身にピアノ鳴り出よ秋の暮
うそ寒や黒髪へりて枕ぐせ
朝寒の竈《くど》焚く我に起き来る子
朝寒や小くなりゆく蔓の花
朝寒や菜屑ただよふ船の腹
朝寒の杉間流るゝ日すぢかな
朝寒に起き来て厨にちゞめる子
朝寒の峯旭あたり来し障子かな
汲みあてゝ朝寒ひゞく釣瓶かな

髷結うて前髪馴れぬ夜寒かな
搔きあはす夜寒の膝や机下
帰り路の夜寒くなれる句会かな
髪くゝるもとゆひ切れし夜寒かな
夜寒さやひきしぼりぬく絹糸《きぬ》の音
夜寒灯に厨すむわれを待つ子かな
先に寝し子のぬくもり奪ふ夜寒かな
ひろ葉打つ無月の雨となりにけり
夜露下りし芝生を踏みて辞しにけり
秋晴や何を小刻むよその厨

秋晴や岬の外の遠つ洋
秋空につぶてのごとき一羽かな
湯さめして足袋はく足や秋の雨
秋雨に縫ふや遊ぶ子ひとりごと
秋雨に髪巻く窓を明けにけり
燈に縫うて子に教ゆる字秋の雨
秋雨や母を乗せ去る幌車
片足あげて木戸押す犬に秋の雨
よそに鳴る夜長の時計数へけり
髪巻いて夜長の風呂に浸りけり

われに借す本抱へ来よ夜長人

いつつきし膝の絵具や秋袷

文使や子規忌に欠けしかの女より

走馬燈に木の間の月や子等は寝し

走馬燈俄の雨にはづしけり

髪すねて遂に留守しぬ秋祭

岐阜提灯うなじを伏せて灯しけり

岐阜提灯庭石ほのと濡れてあり

虫なくや帯に手さして倚り柱

秋蝶の羽すり切れしうすさかな

玄海の濤のくらさや雁叫ぶ
西日して薄紫の干鰯
鯊煮るや夜寒灯にありし子等は寝て
花散りて甕太りゆく柘榴かな
降り足らぬ砂地の雨や鳳仙花
大輪の藍朝顔やしぼり咲き
朝顔や濁り初めたる市の空
摘み〳〵て隠元いまは竹の先
あてもなく子探し歩く芒かな
相寄りて葛の雨きく傘ふれし

白萩の雨をこぼして束ねけり
草刈るや萩に沈める紺法被
萱刈るや崎荒れてゐる濁り海
箒おいてひき抜きくべし雞頭かな
葉雞頭のいただき躍る驟雨かな
葉雞頭に土の固さや水沁まず
草の花靡くところに井戸掘らん
草花にかげ澄む纜をほどきけり
穂に出でて靡くも哀れ草の花
露草や飯《いひ》噴くまでの門歩き

草むらや露草ぬれて一ところ
花蕎麦に水車鎖して去る灯かな
花蕎麦や濃霧晴れたる茎雫
浅間曇れば小諸は雨よ蕎麦の花
聖壇や日曜毎の秋の花
好晴や壺に開いて濃龍胆
龍胆や荘園背戸に籬《まがき》せず
龍胆や入船見入る小笹原
この夏やひさご作りに余念なく
咲き初めし簾越しの花は瓢垣

露けさやうぶ毛生えたる繭瓢
青ふくべ地をするばかり大いさよ
晩涼やうぶ毛生えたる長瓢
颱風に傾くまゝや瓢垣
枯色の華紋しみ出し瓢かな
反古入れの大瓢箪に左右の塵
唐黍を焼く間待つ子等文恋へり
紅葉狩時雨るゝひまを荘にあり
知らぬ人と黙し拾へる木の実かな
髪よせて柿むき競ふ燈下かな

甕たのし葡萄の美酒がわき澄める
くゞり摘む葡萄の雨をふりかぶり
みがかれて櫃《ひつ》の古さよむかご飯
露けさやこぼれそめたるむかご垣
蔓起せばむかごこぼれゐし湿り土
むかごもぐまれの閑居を訪はれまじ
菊苗に干竿躍りおちにけり
菊苗を植ゑゐる母にきかすこと
菊の日に雫振り梳く濡毛かな
しろ〳〵と花びらそりぬ月の菊

白菊に棟かげ光る月夜かな
日の縁に羽織ぬぎ捨て菊に掃く
夏菊に病む子全く癒えにけり
黄豆菊に汲みあぐる水や輝けり
野菊摘んで水にかゞめば愛慕濃し
咲きほそめて花弁するどき野菊かな
わが傘の影の中こき野菊かな
万難に堪えて萱草五年振
日面に揺れて雪解の朱欒《ざぼん》かな
塀そとの盧橘《たちばな》かげを掃き移り

落葉道掃きしめりたる箒かな
わが歩む落葉の音のあるばかり
栗むくやたのしみ寝ねし子らの明日
ゆく年の忙しき中にもの思ひ
元旦や束の間起き出で結び髪
松の内社前に統べし舳かな
松の内海日に荒れて霙れけり
松とれし町の雨来て初句会
正月や胼の手洗ふねもごろに
戯曲よむ冬夜の食器浸けしまゝ

水炊や入江眺めの夕時雨
訪れて山家は暗し初時雨
初凪げる湖上の富士を見出でけり
更けて去る人に月よし北の風
北風に訪ひたき塀を添ひ曲る
夫留守や戸揺る丶北風におもふこと
北風の藪鳴りたわむ月夜かな
寄鍋やたそがれ頃の雪もよひ
寒風に葱ぬくわれに絃歌やめ
寒林の日すぢ争ふ羽虫かな

枯野路に影かさなりて別れけり
冬川やのぼり初めたる夕芥
唇をなめ消す紅や初鏡
櫛巻に目の縁黒ずむ冬女
炭つぐや髷の粉雪を撫でふいて
炭ついでおくれ来し人をなつかしむ
足袋つぐやノラともならず教師妻
軒の足袋はづしてあぶりはかせけり
白足袋に褄みだれ踏む畳かな
絨毯に足袋重ねゐて椅子深く

椿色のマント着すれば色白子
遊学の我子の布団縫ひしけり
湯気の子をくるみ受取る布団かな
六つなるは父の布団にねせにけり
右左に子をはさみ寝る布団かな
風邪の子や眉にのび来しひたひ髪
瞳うるみて朱唇つやゝか風邪に臥す
熊の子の如く着せたる風邪かな
その中に羽根つく吾子の声すめり
笑み解けて寒紅つきし前歯かな

寝ねがての蕎麦湯かくなる庵主かな

玻璃の海全く暮れし煖炉かな

ホ句たのし松葉くゆらせ煖炉たく

凧を飾りて子等籠りとるかるたかな

胼の手も交りて歌留多賑へり

書初やうるしの如き大硯

縫初の糸の縺れをほどきけり

空似とは知れどなつかし頭巾人

橇やがて吹雪の渦に吸はれけり

雪道や降誕祭の窓明り

な泣きそと拭へば胼や吾子の頬
柚子湯出て身伸ばし歩む夜道かな
緋鹿子にあご埋めよむ炬燵かな
眉根よせて文巻き返す火鉢かな
狐火や風雨の芒はしりゐる
我作る菜に死にてあり冬の蜂
掃きよするる土に冬蜂這ひゐたり
牡蠣舟に上げ潮暗く流れけり
けふの糧に幸足る汝や寒雀
枯芝に松影さわぐ二月かな

枯草に粉雪さゝやけば胼の吾れ
枯枝に残月冴ゆる炊ぎかな
寒独活に松葉掃き寄せ囲ふなり
思ひつつつ草にかゞめば寒苺
木苺の寒を実れり摘みこぼす
葱ぬいて訪ひ来し婢をばもてなせり
葱植うる夫に移しぬ廂の灯
肥かけて冬菜太るをたのしめり
わが蒔いていつくしみ見る冬菜かな
縫ひ疲れ冬菜の色に慰む目

肥きいて日を吸ひふとる冬菜かな

寒椿に閉ぢ住む窓のありにけり

炭ついで吾子の部屋に語りけり

虚子先生歓迎句会　下関公会堂　二句

春の灯にこころをどりて襟かけぬ

バナナ下げて子等に帰りし日暮かな

リオデジャネイロ丸入港　一句

上陸のたのしき学徒バナナ買ふ

長女チブス入院　十二句

童話よみ尽して金魚子に吊りぬ

親ごころ

梶の葉に墨濃くすりて願ふこと

七夕百句青き紙にぞ書き初むる

子等は寝し簷端の月に涼みけり

七夕竹を病む子の室に横たへぬ

水上げぬ紫陽花忌むや看る子に

退院

面痩せし子に新らしき単衣かな

昌子快復

七夕や布団に凭れ紙縒る子

庭木のぼる蛇見てさわぐ病児かな

銀河濃し救ひ得たりし子の命

床に起きて絵かく子となり蟬涼し

全快

初秋の土ふむ靴のうすき埃

子等の幼時　四句

まろ寝して熱ある子かな秋の暮

熱下りて蜜柑むく子の機嫌よく

熱とれて寝息よき子の蚊帳のぞく

熱の瞳のうるみてあはれ蜜柑吸ふ

大正七年実父逝く　四句

父逝くや明星霜の松になほ

湯婆みなはづし奉り北枕

椀一つ足らずと探す寒さかな

み仏に母に別るゝ時雨かな

父の喪　一句

松の内を淋しく籠る今年かな

耶馬渓羅漢寺一句外　五句

苔をまろく踏み凹めたる木の実かな

深耶馬の空は瑠璃なり紅葉狩

洞門を出れば濶《ひろ》し簗の景
濃龍胆浸せる渓に櫛梳り
茸やく松葉くゆらせ山日和
耶馬渓の岩に干しある晩稲かな

信州吟（大正九年八月　病中吟とも百六十五句）

松本城山の墓地に父の埋骨式、弟の墓と並ぶ

野菊はや咲いて露けし墓参道
墓の前の土に折りさす野菊かな
屋根石に炊煙洩るゝ豆の花

熟れきつて裂け落つ李紫に
父の忌や林檎二籠鯉十尾
夏雨に母が炉をたく法事かな
茄子煮るや炉辺りに伏せし大十能
夏炉辺に電燈ひきし法事かな
目にしみて炉煙はけず茄子の汁
雨暗し炉煙籠るすゝけ梁
風呂吹くや梁に漂ふ榾煙
茄子買ふや框《かまち》濡らして数へつゝ
夏雨に炉辺なつかしき夕餉かな

屋根石にしめりて旭あり花棗
紫陽花に秋冷いたる信濃かな
濃霧晴れし玻璃に映れる四葩かな
山冷に羽織重ねしゆかたかな
落ち杏踏みつぶすべくいらだてり
秋宮に髪むしり泣く女かな
障子締めて炉辺なつかしむ黍の雨
雨降れば炉辺の雑話黍を焼く
忌に寄りし身より皆知らず洗ひ鯉
炉ほとりに集りて雑話や青なんば焼く

新蕎麦を打つてもてなす髪鄙び
掘つて来し大俎板の新牛蒡
精進おちの生鯉料理る筧かな
芋汁や紙すゝけたる大障子
三軒の孫の喧嘩や青林檎
鬼灯やきゝ分けさときひよわの子

浅間温泉　鷹の湯

秋雨に翅の雫や網の鷲
つれぐ〵に浸る湯壺や秋の雨

信濃に病む

山盧淋し蚊帳の裾飛ぶ青蛙

霧雨に病む足冷えて湯婆かな

障子はめて重ねし夜着や秋の雨

病中吟

浅間温泉　枇杷の湯

衰へて今蚕飼ふ温泉《ゆ》宿《やど》かな

簾捲かせて銀河見てゐる病婦かな

屋根石に四山濃くすむ蜻蛉かな

今朝秋の湯けむり流れ大鏡

林檎畠に夕峰の濃ゆき板屋かな

八月の雨に蕎麦咲く高地かな

行水の提灯《ひ》の輪うつれる柿葉うら

行水や肌に粟立つ黍の風

母病む

かくらんやまぶた凹みて寝入る母

かくらんに町医ひた待つ草家かな

痢人癒えてすゝれる粥や秋の蚊帳

夏服や老います母に兄不幸

難苦へて母すこやかや障子張る
朝な梳く母の切髪花芙蓉
葉洩日に碧玉透けし葡萄かな
葡萄暗し顔よせ粧《つく》る夕鏡
落葉松に浮雲あそぶ月夜かな
葡萄投げて我儘つのる病婦かな
山の温泉《ゆ》や居残つて病む秋の蚊帳
鏡借りて発つ髪捲くや明けやすき
草いきれ鉄材さびて積まれけり
病人に干草のいきれ迫りけり

馬車停る宿かと胸つく草いきれ

草いきれ連山襞濃く刻みけり

北斗爛たり高原くらき草いきれ

草いきれ妖星さめず赤きかな

赤き月はげ山登る旱かな

東京へ帰りて

虫鳴くや三とこに別れ病む親子

西日して日毎赤らむ柿の数

頓《とみ》に色づく柿数へつゝ病む久し

こほろぎや軒静かに看護人

葉を打ってしぼみ落ちたる芙蓉かな

おいらん草こぼれ溜りし残暑かな

松名にある昌子をおもふ

鬼灯や父母へだて病む山家の娘

山馴れで母恋しきか三日月

かな女様来訪。十月振りの来訪とぞ嬉し。

秋雨や瞳にこびりつく松葉杖

入院、隔日に食塩注射

壁に動く秋日みつめて注射すむ

秋風やあれし頬へぬる糸瓜水

秋風の枕上なる櫛鏡
色どれど淋しき頬やな花芙蓉
蟋蟀も来鳴きて黙す四壁かな
椀に浮くつまみ菜うれし病むわれに
窓掛をさす月もがな夜長病む
門限に連れ立ち去りし夜長かな
我を捨て遊ぶ看護婦秋日かな
廊通ふスリッパの音夜長かな
仰臥して腰骨いたき夜長かな

姉より柔かき布団贈られる

ふはと寝て布団嬉しき秋夜かな
仰臥して見飽きし壁の夜長かな
柿熟るゝや臥して迎へし神無月
病める手の爪美くしや秋海棠
我に逆ふ看護婦憎し栗捨てよ
我寝息守るかに野菊枕上
目ひらけば揺れて親しき野菊かな
閉ぢしまぶたを落つる涙や秋の暮
秋の灯をくらめて寝入る病婦かな

看護婦をのゝしる句

椅子移す音手荒さよ夜半の秋

汝に比して血なき野菊ぞ好もしき

芋の如肥えて血うすき汝かな

我ドアを過ぐ足音や秋の暮

薬つぎし猪口《ちょこ》なめて居ぬ秋の蠅

病む卓に林檎紅さやむかず見る

寝返るや床にずり落つ羽根布団

昌子を二月振りに病院に見る

にこ〳〵と林檎うまげやお下げ髪

扉の隙や土三尺の秋の雨

九月尽日ねもす降りて誰も来ず

雨降れば暮るゝ早さよ九月尽

終電車野菊震はし過ぎしかど

よべの風に柿の安否や家人来ず

土が見たし日日に見飽きし壁の秋

寝返れば暫し身安き夜長かな

秋夕やいつも塀外を豆腐売

光子来る

よべの野分を語る廊人旭を浴びて

朱唇ぬれて葡萄うまきかいとし子よ

野菊やゝ飽きて真紅の花恋へり

秋晴や絽《ろ》刺《ざし》にこれる看護人

秋晴や寝台の上のホ句つくり

熱無し

秋風や氷嚢からび揺るゝ壁

我いまだ帝都の秋の土踏まず

粥すゝる匙の重さやちゝろ虫

咳堪ゆる腹力なしそゞろ寒

秋朝や痛がりとかす縺れ髪

夫出立

言葉少く別れし夫婦秋の宵
栗むくや夜行にて発つ夫淋し
父立ちて子の起《おき》伏《ふし》や柿の家
長病や足荒れて掻く羽根ぶとん
許されてむく嬉しさよ柿一つ
野路の茶屋の柿下げて来ぬ日暮人
腹痛に醒めて人呼ぶ夜半の秋
外出して看護婦遅し夜半の秋

兄姉打連れ見舞はれて

秋晴や栗むきくるる兄と姉

病む我に兄姉親し栗をむく

ほつほつと楽しみむくや栗の秋

独り居て淋しく栗をむく日かな

吾子に似て泣くは誰が子ぞ夜半の秋

秋の夜やあまえ泣き居るどこかの子

母上来る

老顔に秋の曇りや母来ます

帰り路を転び給ふな秋の暮

退院　二十五日振り目白へ帰宅

退院の足袋の白さよ秋袷
髪捲いて疲れし腕秋袷
面痩せて束ね巻く髪秋袷
病み痩せて帯の重さよ秋袷
帯重く締めて疲れぬ秋袷
躾とる明日退院の秋袷
帰り見れば芙蓉散りつきし袷かな
秋袷日日病院へ通ひけり
敷かれある臥床に入れば秋灯つく

神田阿久津病院へ入院

看護婦つれて秋日浴びに出し露台かな

草合せの秋草の色々を、かな女せん女の御二方にて
わざわざ病床へ御見舞下さる。

友禅菊のかげ灯に浮きし敷布かな

秋草に日日水かへて枕辺に

みさ子様の御文あり、萩の花を戴く

まどろむやさゝやく如き萩紫苑

毛虫の子茎を這ひゐし芒かな

火なき火鉢並ぶ夜寒の廊下かな

枯野菊廊下に出して寝たりけり

吾妻病院へ再入院　十月

トランプや病院更けて石蕗の雨

子等を夢見て病院淋し石蕗の雨

菊の日を浴びて耳透く病婦かな

始めて歩む日

病癒えて菊にある日を尊めり

菊もわれも生きえて尊と日の恵み

退院

菊に掃きゐし庭師午砲に立去れり

山茶花や病みつゝ思ふ金のこと

泣きしあとの心すがくし菊畠
母留守の菊にそと下りし病後かな
個《さ》性《が》まげて生くる道わかずホ句の秋
妬心ほのと知れどなつかし白芙蓉
螺《ね》線《ぢ》まいて崖落つ時の一葉疾し
雞頭大きく倒れ浸りぬ潦
櫛巻にかもじ乾ける菊の垣
夫へ戻す子等の衣縫ふ冬夜かな

昌子猩紅熱　十二月

北斗凍てたり祈りつ急ぐ薬取り

燭とりて菊根の雪をかき取りぬ

父の忌　二句

御僧に門の雪掻く忌日かな

御僧に蕪汁あつし三回忌

柿の花　目白実家　五句

灯れば蚊のくる花柿の葉かげより

雨に来ぬ人誰々ぞ柿の花

花柿に簾高く捲いて部屋くらし

障子しめて雨音しげし柿の花

苑の柿まだ渋切れぬ会式かな

櫓山山荘虚子先生来遊句会　四句

潮干人を松に佇み見下せり

花石蕗の今日の句会に欠けし君

秋山に映りて消えし花火かな

石の間に生えて小さし葉雞頭

江津湖の日　十一句

遊船の提灯赤く揺れあへる

藻の花に自ら渡す水《み》馴《なれ》棹《ざを》

水荘の蚊帳にとまりし蛍かな

藻を刈ると舳に立ちて映りをり

藻刈竿水揚ぐる時たわみつゝ
湖畔歩むや秋雨にほのと刈藻の香
舟人や秋水叩く刈藻竿
水葱《なぎ》の花折る間舟寄せ太藺中
漕ぎよせて水葱の花折る手のべけり
藻に弄ぶ指蒼ざめぬ秋の水
羊蹄《ぎしぎし》に石摺り上る湖舟かな

秋月とコスモス　五句

月の頬をつたふ涙や禱りけり
熱涙拭ふ袂の緋絹や秋袷

われにつきゐしサタン離れぬ曼珠沙華
コスモスくらし雲の中ゆく月の暈
コスモスに風ある日かな咲き殖ゆる

＊

大正十四年　松山にて　五句

上陸やわが夏足袋のうすよごれ
夏羽織とり出すうれし旅鞄
替りする墨まだうすし青簾
卓の百合あまり香つよし疲れたり
姫著莪の花に墨する朝かな

大正十四（ママ）年姉死去　二句

霧しめり重たき蚊帳をたたみけり

夏帯やはる〴〵葬に間に合はず

昭和元年　箱崎にて　七句

病閑や破船に凭れ日向ぼこ

間借して塵なく住めり籠の菊

炭つぐや頬笑まれよむ子の手紙

筑紫野ははこべ花咲く睦月かな

山茶花の紅つきまぜよゐのこ餅

ゐのこ餅博多の仮寝馴れし頃

ゐのこ餅紅濃くつけて鄙びたる

橋本多佳子氏と別離　四句

忘れめや実葛の丘の榻二つ

芋畠に沈める納屋の露けき灯

遊船のみよしの月に出でたちし

脱ぎ捨てし木の実のかさもころげをり

山茶花の簷にも白く散りたまり

京都吉田に鈴鹿野風呂氏訪問　一句
王城、草城、白川御夫妻、雄月氏等

節分の宵の小門をくゞりけり

京都白川荘　一句

鶯や螺鈿古りたる小衝立

琵琶湖　二句

舳先細くそりて湖舟や春の雪

水鳥に滋賀の小波よせがたし

若王子　一句

縁起図絵よむ一行に梅さかり

春雪に四五寸青し木賊の芽

洛北詩仙堂　一句

きこえ来る添水の音もゆるやかに

京都にて　三句

芹すゝぐ一枚岩のありにけり

梅林のそゞろ歩きや筧鳴る

探梅に走せ参じたる旅衣

粟生光明寺帰途

時雨雲はるかの比叡にかゝりけり

法然院

山かげの紅葉たく火にあたりけり

豊後洋上にて　二句

春潮に群れ飛ぶ鷗縦横に

春雷や俄に変る洋の色

昭和四年　松山にて　二句

師に侍して古書の墨をすりにけり

春雨や木くらげ生きてくゞり門

花衣（昭和四年より昭和十年まで）

逆潮をのりきる船や瀬戸の春

教へ子に有無を言はせず家の春

春寒の銀屛ひきよせ語りけり

舟に乗りて眺むる橋も春めけり

春浅く火酒したたらす紅茶かな

梨畠の朧をくねる径かな

くぐり見る松が根高し春の雪

岩壁を離れし巨船春の雪

ぬかづいてねぎごと長し花の雨

野々宮《ののみや》を詣でしまひや花の雨

ぬかづきしわれに春光尽天地

春光に躍り出し芽の一列に

荘守も芝生の春を惜みけり

春惜む布団の上の寝起かな

佇めば春の潮鳴る舳先かな

春潮に流るる藻あり矢の如く

いつとなく解けし纜《ともづな》春の潮

春の山暮れて温泉の灯またたけり
春の襟染めて着初めしこの袷
灌沐の浄法身を拝しける
ぬかづけばわれも善女や仏生会
無憂華の木蔭はいづこ仏生会
葺きまつる芽杉かんばし花御堂
波痕のかわくに間あり大干潟

光子県立小倉高女卒業　三句

靴買うて卒業の子の靴磨く
卒業やちび靴はくも今日限り

青き踏む靴新らしき処女ごころ

光子女子美術卒業　一句

卒業の子に電報すよきあした

身の上の相似て親し桜貝

春蘭の咲いてゐたれば木の根攀《よ》づ

炊き上げてうすき緑や嫁菜飯

かきわくる砂のぬくみや防風摘む

防人《さきもり》の妻恋ふ歌や磯菜摘む

元寇の石塁《とりで》はいづこ磯菜摘む

寇まもる石塁はいづこ磯菜摘む

磯菜つむ行手いそがんいざ子ども

蕗の薹ふみてゆききや善き隣

甦る春の地霊や蕗の薹

蘆の芽のひらき初むれば初袷

水上へうつすや濃山吹

百合根分鍬切りし芽を惜しと思ふ

筆とりて門辺の草も摘む気なし

晴天に芽ぐみ来し枝をふれあへる

盆に盛る春菜淡し鶴料理る

鶴料理るまな箸浄くもちひけり

落椿の葉くぐり落ちし日の斑かな
蒼海の波騒ぐ日や丘椿
梅莟む官舎もありて訪れぬ
花見にも行かずもの憂き結び髪
盛会を祈りて花にゆく遠く
花影あびて群衆遅々とうごくかな
花ふかき館に径ある夜宴かな
花莟む梢の煙雨ひもすがら
襟巻に花風寒き夕べかな
たもとほる桜月夜や人おそき

神風にこぼれぬ花を見上げけり

故里の藁屋の花をたづねけり

せゝらぎに耳すませ居ぬ山桜

花腐《くた》つ雨ひねもすよ侘びごもり

船長の案内くまなし大南風

翠《すい》巒《らん》を降り消す夕立襲ひ来し

夜毎たく山火もむなしひでり星

汲み濁る家主の井底水飢饉

水飢饉わが井は清く湧き澄めど

夏の海島かと現れて艦遠く

煙あげて塩屋は低し鯉幟
大阪の甍《いらか》の海や鯉幟
目の下の煙都は冥し鯉幟
男の子うまぬわれなり粽結ふ
櫛巻の歌麿顔や袷人
ミシン踏む足のかろさよ衣更
蒼《さう》朮《じゆつ》の煙賑はし梅雨の宿
焚きやめて蒼朮薫る家の中
おくれゐし窓辺の田植今さかん
早苗水走り流るゝ籬《かき》に沿ひ

おくれゐし門辺の早苗植ゑすめり
一人寝の月さへさゝぬよき蚊帳に
踏みならす帰省の靴はハイヒール
寮の娘や帰省近づくペン便り
帰省子の琴のしらべをきく夜かな
帰省子やわがぬぎ衣たゝみ居る
いとし子や帰省の肩に絵具函
帰省子と歩むも久し夜の町
遊園の暗き灯かげに涼みけり
起し絵の御殿葺けたる筧かな

大樹下の夜店明るや地蔵盆
涼み舟門司の灯ゆるくあとしざり
羅に衣《そ》通る月の肌かな
遠泳の子らにつきそひ救助船
潮あびの戻りて夕餉賑かに
潮あびの子ら危険なし旗たてゝ
上つ瀬の歌劇明りや河鹿きく
水疾し岩にはりつき啼く河鹿
河鹿きく我衣手の露しめり
河鹿なく大《おほ》堰《ゐ》の水も暮れにけり

病快し河鹿の水をかふるなど
忘れゐし河鹿の蜘蛛を捜さばや
蛙きく人顔くらく佇めり
蟬涼し長官邸は木がくれに
ひきのこる岩間の潮に海ほほづき
薔薇むしる垣外の子らをとがめまじ
藁づとをほどいて活けし牡丹かな
牡丹を活けておくれし夕餉かな
牡丹やひらきかゝりて花の隈
牡丹や揮毫の書箋そのまゝに

牡丹にあたりのはこべ延ぶがまゝ

牡丹にあたりのはこべ抜きすてし

端居して月の牡丹に風ほのか

隔たれば葉蔭に白し夕牡丹

紅苺垣根してより摘む子来ず

牡丹芥子あせ落つ弁は地に敷けり

凌霄花《のうぜん》の朱に散り浮く草むらに

流れ去る雲のゆくえや青芭蕉

晴天に広葉をあふつ芭蕉かな

夕顔や遂に無月の雨の音

かへり見ぬ葡萄の蔓も花芽ぐむ
霖雨や泰山木の花堕ちず
活け終へて百合影すめる襖かな
上げ潮にまぶしき芥花棟《あふち》
籐椅子に看とり疲れや濃紫陽花
窓明けて見渡す山もむら若葉
帰り来て天地明るし四方若葉
新樹濃し日は午に迫る鐘の声
欄涼し鎔炉明りのかの樹立
葉桜や流れ釣なる瀬戸の舟

降り歇《や》まぬ雨雲低し枇杷熟れる
わがもいで愛づる初枇杷葉敷けり
わがもいで贈る初枇杷葉敷けり
手折らんとすれば萱吊ぬけて来し
稲妻に水田はひろく湛へたる
書肆の灯にそゞろ読む書も秋めけり
語りゆく雨月の雨の親子かな
ジム紅茶すゝり冷えたる夜長かな
領《ひ》布《れ》振れば隔たる船や秋曇
掘りかけし土に秋雨降りにけり

ヨットの帆しづかに動く秋の湖

走馬燈灯して売れりわれも買ふ

燈を入れて今宵もたのし走馬燈

走馬燈いつか消えゐて軒ふけし

ころぶして語るも久し走馬燈

一人居の岐阜提灯も灯さざり

星の竹北斗へなびきかはりけり

うち曇る空のいづこに星の恋

板の如き帯にさゝれぬ秋扇

わが描きし秋の扇に句をしるす

虫をきく月の衣手ほのしめり
籠の虫夜半の豪雨に鳴きすめり
虫籠をしめし歩みぬ萩の露
放されて高音の虫や園の闇
草むらに放ちし虫の高音かな
鳴き出でてくつわは忙し籬かげ
椅子涼し衣《そ》通る月に身じろがず
月涼しいそしみ綴る蜘蛛の糸
流れ越す水田の月に涼みゐし
大波のうねりも去りぬ鯊《ふるせ》釣る

鯊釣る和布刈の礁へ下りたてり
野菊むらかゞめば風の強からず
八十の母手まめさよ萩束ね
山萩にふれつゝ来れば座禅石
塀外へあふれ咲く枝や萩の宿
門とざしてあさる仏書や萩の雨
唐もろこしの実の入る頃の秋涼し
唐黍を焼く子の喧嘩きくもいや
不知火の見えぬ芒にうづくまり
戻り来て植ゑし萱草未だ咲かず

佇ちつくすみ幸のあとは草紅葉

大なつめ落す竿なく見上げゐし

人やがて木に登りもぐ棗かな

なつめ盛る古き藍絵のよき小鉢

銀杏の熟れ落つひゞき嵐くるらし

銀杏をひろひ集めぬ黄葉をふみて

旅たのし葉つき橘籠《こ》にみてり

蜜柑もぐ心動きて下りたちぬ

掃きよりて木の実拾ひや尉と姥

わけ入りて孤りがたのし椎拾ふ

邸内に祀る祖先や椋拾ふ

門弟をつれて　二句

邸内の木の実の宮に歩みつれ

木の実降るほとりの宮に君とあり

菊花摘む新種の名づけたのまれて

菊摘むや広寿の月といふ新種

菊摘むや群れ伏す花をもたげつゝ

摘み移る日かげあまねし菊畠

摘み移る菊明るさよ籠《こ》にあふれ

添竹をはづし歩むや菊も末

菊干すや東籬の菊も摘みそへて
菊干すや日和つゞきの菊ケ丘
菊干すや何時まで褪せぬ花の色
日当りてうすうす紫の菊筵
今日はまた白菊ばかり干しひろげ
縁の日のふたたび嬉し菊日和
朝な朝な掃き出す塵も菊の屑
大輪のかわきおそさよ菊筵
今年ゐて菊咲く頃の我家かな
門辺より咲き伏す菊の小家かな

ひろげ干す菊かんばしく南縁

愛蔵す東籬の詩あり菊枕

ちなみぬふ陶淵明の菊枕

白妙の菊の枕をぬひ上げし

ぬひあげて枕の菊のかをるなり

万葉企救《ぎく》の高浜根上り松次第に煤煙に枯るゝ　一句

冬浜のすゝ枯れ松を惜みけり

冬凪げる瀬戸の比売《ひめ》宮《みや》ふしをがみ

初凪げる和布刈の磴に下りたてり

厳寒や夜の間に萎えし卓の花

如月の雲厳めしくラヂオ塔
ほのゆるゝ閨のとばりは隙間風
眉引も四十路となりし初鏡
たらちねに送る頭巾を縫ひにけり
遊学の旅にゆく娘の布団とぢ
かざす手の珠美くしや塗火鉢
筆とればわれも王なり塗火鉢
ひとり居も淋しからざる火鉢かな
銀屛の夕べ明りにひそと居し
色褪せしコートなれども好み着る

句会にも着つゝなれにし古コート
アイロンをあてゝ着なせり古コート
身にまとふ黒きショールも古りにけり
鶺鴒に障子洗ひのなほ去らず
かき馴らす塩田ひろし夕千鳥
首に捲く銀狐は愛し手を垂るゝ
牡蠣舟や障子のひまの雨の橋
君来るや草家の石蕗も咲き初めて
そののちの旅便りよし石蕗日和
冬ごもる簷端を雨にとはれけり

悼柳琴　一句

茎高くほうけし石蕗にたもとほり

越ヶ谷附近御猟地　一句

耕人に雁歩むなり禁猟地

英彦山　六句

谺して山ほととぎすほしいまゝ

橡《とち》の実のつぶて颪や豊前坊

六助のさび鉄砲や秋の宮

秋晴や由布にいむかふ高嶺茶屋

坊毎に春水はしる筧かな

三山の高嶺づたひや紅葉狩

広寿山の老僧林隆照氏遷化　四句

木の実降る石に座れば雲去来

蕗味噌や代替りなる寺の厨

桜咲く広寿の僧も住み替り

お茶古びし花見の縁も代替り

馬関春帆楼　三句

薫風や釣舟絶えず並びかへ

釣舟の並びかはりし籐椅子かな

晩涼や釣舟並ぶ楼の前

和布刈の鼻枕潮閣にて　二句

新船卸す瀬戸の春潮とこしなへ

新艘おろす東風の彩旗へんぽんと

タラバ蟹を貰ふ　二句

大釜の湯鳴りたのしみ蟹うでん

大鍋をはみ出す脚よ蟹うでる

或家の初盆に　四句

うつしゑの笑めるが如し魂迎へ

美しき蓮華燈籠も灯を入るゝ

玄関を入るより燈籠灯りゐし

露の灯にまみゆる機なく逝きませり

出生地鹿児島　五句

朱欒《ざぼん》咲く五月となれば日の光り

朱欒咲く五月の空は瑠璃のごと

天碧し盧《ろ》橘《きつ》は軒をうづめ咲く

花朱欒こぼれ咲く戸にすむ楽し

風かをり香欒《ざぼん》咲く戸を訪ふは誰ぞ

南国の五月はたのし花朱欒

琉球をよめる句　十三句

常夏の碧き潮あびわがそだつ

爪ぐれに指そめ交はし恋稚く

栴檀の花散る那覇に入学す

島の子と花芭蕉の蜜の甘き吸ふ

砂糖黍かじりし頃の童女髪

榕樹鹿《か》毛《げ》飯《ハ》匙《ブ》倩捕の子と遊びもつ
（榕樹―熱帯樹にて枝より髭根地に垂る―編者）

ひとでふみ蟹とたはむれ磯あそび

紫の雲の上なる手毬唄

海ほほづき口にふくめば潮の香

海ほほづき流れよる木にひしと生え

海ほほづき鳴らせば遠し乙女の日

吹き習ふ麦笛の音はおもしろや

潮の香のぐんぐんかわく貝拾ひ

八幡製鉄所起業祭　三句

かき時雨れ鎔炉は聳《た》てり嶺近く

群衆も鎔炉の旗もかき時雨れ

おでん売る夫人の天幕訪ひ寄れる

桜の句

一　延命寺（小倉郊外）三句

釣舟の漕ぎ現はれし花の上
花の寺登つて海を見しばかり
花の坂船現はれて海蒼し

二　阿部山五重桜（花衣所載）四句

傘をうつ牡丹桜の雫かな
うす墨をふくみてさみし雨の花
雨ふくむ淡墨桜みどりがち

花の坂海現はれて凪ぎにけり

三　八幡公会クラブにて　六句

掃きよせてある花屑も貴妃桜
風に落つ楊貴妃桜房のまゝ
花房の吹かれまろべる露台かな
むれ落ちて楊貴妃桜房のまゝ
むれ落ちて楊貴妃桜尚あせず
きざはしを降りる沓なし貴妃桜

花衣時代　一句

春昼や坐ればねむき文机

昭和七年昌子東上　五句

春寒の毛布敷きやる夜汽車かな

いつくしむ雛とも別れ草枕

寮住のさみしき娘かな雛まつる

健やかにましますす子娘等の雛祭

寝返りて埃の雛を見やりけり

昌子よりしきりに手紙来る　三句

春愁の子の文長し憂へよむ

望郷の子のおきふしも花の雨

春愁癒えて子よすこやかによく眠れ

蒲生にて　五句

杜若雨に殖えさく高欄に

杜若映れる矼をまたぎけり

柚の花の香をなつかしみ雨やどり

降り出でし矼をかへしぬ杜若

杜若またぐ矼あり見えがくれ

深耶馬渓　六句

大嶺に歩み迫りぬ紅葉狩

自動車のついて賑はし紅葉狩

打ちかへす野球のひゞき草紅葉

青の洞門を見て

洞門をうがつ念力短日も
厳寒ぞ遂にうがちし岩襖
鎚とれば恩讐親し法の秋

洞門をうがちし僧禅海の像及び碑が青の洞門の入口にある。
人間の一心は遂に何事も成就するといふ事を感知せらる。

鶴の句

一　鶴を見にゆく

月高し遠の稲城はうすら霧ひ
並びたつ稲城の影や山の月

鶴舞ふや日は金色の雲を得て
山冷にはや炬燵して鶴の宿
松葉焚くけふ始ごと煖炉かな
燃え上る松葉明りの初煖炉
ストーヴに椅子ひきよせて読む書かな
横顔や煖炉明りに何思ふ
投げ入れし松葉けぶりて煖炉燃ゆ
菊白しピアノにうつる我起居
霜晴の松葉掃きよせ焚きにけり
向う山舞ひ翔つ鶴の声すめり

舞ひ下りてこのもかのもの鶴啼けり
月光に舞ひすむ鶴を軒高く

二　孤鶴群鶴

暁の田鶴啼きわたる軒端かな
寄り添ひて野鶴はくろし草紅葉
畔移る孤鶴はあはれ寄り添はず
雛鶴に親鶴何をついばめる
ふり仰ぐ空の青さや鶴渡る
子を連れて落穂拾ひの鶴の群
鶴遊ぶこのもかのもの稲城かげ

遠くにも歩み現はれ田鶴の群
畔ぬくし静かに移る鶴の群
一群の田鶴舞ひ下りる刈田かな
鶴の群屋根に稲城にかけ過ぐる
一群の田鶴舞ひすめる山田かな
親鶴に従ふ雛のやさしけれ
鶴の影ひらめく畔を我行けり
好晴や鶴の舞ひ澄む稲城かげ
群鶴の影舞ひ移る山田かな
鶴の影舞ひ下りる時大いなる

遠くにも群鶴うつる田の面かな
舞ひ下りる鶴の影あり稲城晴
枯草に舞ひたつ鶴の翅づくろひ
歩み寄るわれに群鶴舞ひたてり
大嶺にこだます鶴の声すめり
近づけば野鶴も移る刈田かな
群鶴を驚かしたるわが歩み
翅ばたいて群鶴さつと舞ひたてり
大空に舞ひ別れたる鶴もあり
三羽鶴舞ひ澄む空を眺めけり

学童の会釈優しく草紅葉

冬晴の雲井はるかに田鶴まへり

旅籠屋《はたごや》の背戸にも下りぬ鶴の群

舞ひ下りて田の面の田鶴は啼きかはし

彼方より舞ひ来る田鶴の声すめり

軒高く舞ひ過ぐ田鶴をふり仰ぎ

啼き過ぐる簷端の田鶴に月淡く

田鶴舞ふや稲城の霜のけさ白く

田鶴舞ふや日輪峰を登りくる

鶴なくと起き出しわれに露台の旭

鶴舞ふや稲城があぐる霜けむり
鶴鳴いて郵便局も菊日和
家毎に咲いて明るし小菊むら
鶴の里菊咲かぬ戸はあらざりし
稲城かげ遊べる鶴に歩み寄り
好晴や田鶴啼きわたる小田のかげ
舞ひあがる翅ばたき強し田鶴百羽
鶴の群驚ろかさじと稲架かげに
近づけば舞ひたつ田鶴の羽音かな
この里の野鶴はくろし群れ遊ぶ

水郷遠賀　十一句

萍の遠賀の水路は縦横に
菱の花咲き閉づ江沿ひ句帳手に
菱刈ると遠賀の乙女ら裳を濡すも
菱の花引けば水垂る長根かな
水ぬるむ巻葉の紐の長かりし
水底に映れる影もぬるむなり
青すゝき傘にかきわけゆけどゆけど
泳ぎ子に遠賀は潮を上げ来り
千々にちる蓮華の風に佇めり

藻塩焚く遠賀の港の夕けむり

もてなしの蓮華飯などねもごろに

企救《きく》の紫池にて　三句ならびに五句

豊国の企救の池なる菱の末を摘むとや妹がみ袖濡れけむ

万葉集豊前国白水郎歌

菱摘みし水江やいづこ嫁菜摘む

万葉の池今狭し桜影

池の伝説

夕づゝに這ひ出し蛙みな啞と

摘み競ふ企救の嫁菜は籠にみてり

嫁菜つみ夕づく馬車を待たせつゝ
里人の茅の輪くぐりに従はず
一人強し夜の茅の輪をくぐるわれ
万葉の菱の咲きとづ江添ひかな

水郷遠賀　三句

菱実る遠賀の水路は縦横に
菱採ると遠賀の娘子《いらつこ》裳《すそ》濡《ひ》づも
菱摘むとかゞめば沼は沸く匂ひ

遠賀川　十一句

菱蒸《うむ》す遠賀の茶店に来馴れたり

すぐろなる遠賀の萱路をただひとり
生ひそめし水草の波梳き来たり
添ひ下る塢《を》舸《か》の運河はぬるみけり
土堤長し萱の走り火ひもすがら
風さそふ遠賀の萱むら焰《ほ》鳴りつゝ
蘆むらを焼く火はかなく消えにけり
焰迫れば草薙ぐ鎌よ野焼守
もえ迫る野焼の草を薙ぎ払ひ
蘆の火の燃えひろがりて消えにけり
蘆の火に天帝雨を降《くだ》しけり

蘆の火の消えてはかなしざんざ降り

昭和八年光子東上　三句

子のたちしあとの淋しさ土筆摘む

降り出でし傘のつぶやき松露とる

娘がゐねば夕餉もひとり花の雨

宇佐桜花祭　三句

うら丶かや朱のきざはしみくじ鳩

三宮を賽《さい》しをはんぬ桜人

桜咲く宇佐の呉橋うち渡り

宇佐神宮　五句

うらゝかや斎《いつ》き祀れる瓊《たま》の帯

藤挿頭《かざ》す宇佐の女《によ》禰宜は今在さず

丹の欄にさへづる鳥も惜春譜

雉子鳴くや宇佐の盤《いは》境《さか》禰宜ひとり

春惜む納《な》蘇《そ》利《り》の面ゝは青丹さび

昌子帰省　二句

元旦の阜頭に瀬戸の舟つけり

北風寒き阜頭に吾子の舟つけり

花の旅　六句

茅舎庵
まだ散らぬ帝都の花を見に来り

訪れて暮春の縁にあるこゝろ

鎌倉虚子庵
虚子留守の鎌倉に来て春惜む

由比ケ浜
身の上の相似でうれし桜貝

種浸す大盥にも花散らす

茅舎庵
水そゝぐ姫龍胆に暇乞ひ

横浜外人墓地　一句

ばら薫るマーブルの碑に哀詩あり

筑前大島　十二句

大島の港はくらし夜光虫

濤青く藻に打ち上げし夜光虫

足もとに走せよる潮も夜光虫

夜光虫古鏡の如く漂へる

海松《みる》かけし蜑の戸ぼそも星祭

大島星の宮吟詠

下りたちて天の河原に櫛梳り

彦星の祠は愛しなの木蔭

口すゝぐ天の真名井は葛がくれ

玄海灘一望の中にあり

荒れ初めし社前の灘や星祀る

大波のうねりもやみぬ沖膾

星の衣《きぬ》吊すもあはれ島の娘ら

星の衣は七夕の五色の紙を衣の形に切り
願事をしるして笹に吊すもの

乗りすゝむ舳にこそ騒げ月の潮

母の句　五句

八十の母てまめさよ雛つくり

母淋しつくりためたる押絵雛

娘をたよる八十路の母よ雛作り

扶助料のありて長寿や置炬燵

雛つくる老のかごとも慰めり

出雲旅行　四十三句

一　出雲御本社

水手洗の杓の柄青し初詣

雪解の雫ひまなし初詣

仰ぎ見る大〆飾出雲さび

巨《おほ》いさや雀の出入る〆飾

神前に遊ぶ雀も出雲がほ

椿落ちず神代に還る心なし

斐伊川のつゝみの蘆芽雪残る

斐伊川のつゝみの蘆芽萌え初めし

二　宍道湖（松江大橋）

蘆芽ぐむ古江の橋をわたりけり

蘆の芽に上げ潮ぬるみ満ち来たり

上げ潮におさるゝ雑魚蘆の角

若蘆にうたかた堰を逆ながれ

三　美保関に向ふ途中

目の下に霞み初めたる湖上かな

立春の輝く潮に船行けり

春潮の上に大山雲をかつぎ

若布刈干す美保関へと船つけり

四　日の見磯に至る途上風景絶好

群岩に上るしぶきも春めけり

潮碧しわかめ刈る舟木の葉の如し

五　出雲神話をよめる。稲佐の浜

群岩に春潮しぶき鰐いかる

虚偽の兎神も援けず東風つよし

春潮の渚に神の国譲り

稲佐の浜国譲りの故事――高天原から天孫降臨の為、この浜で出雲族と国譲りの議について神々相会し、遂に乱を好まぬ大国主命は賢明にも国土を全部献上。その為、天照大神大いに喜び給ひ、御子を出雲につかはし、大国主の宮を造営して仕へせしめ給ふとある。

椿咲く絶壁の底潮碧く

春潮に真砂ま白し神ぞ逢ふ

春潮からし虚偽のむくいに泣く兎

潮浴びて泣き出す兎赤裸

兎かなし蒲の穂絮の甲斐もなく

春潮に神も怒れり虚偽兎
春寒し見離されたる雪兎
ゆるゆると登れば成就椿坂
雪兎援けず潮にわがそだつ

六　小泉八雲の旧居

春寒み八雲旧居は見ずしまひ
燈台のまたたき滋し壺焼屋

七　出雲御本社宝物

春光や塗美しき玉櫛筺

八　八重垣神社

処女美《うま》し連理の椿髪に挿頭《かざ》し

九　境内に鏡の池

みづら結ふ神代の春の水鏡
日表の苔も堅しこの椿
椿濃し神代の春の御姿
春の旅子らの縁もいそぐまじ

十　出雲八重垣

神代より変らぬ道ぞ紅椿
節分の丑満詣降られずに
東風吹くや八重垣なせる旧家の門《と》

煖房に汗ばむ夜汽車神詣

筑紫観世音寺三句外九句

さゝげもつ菊みそなはせ観世音

菊の香のくらき仏に灯を献ず

月光にこだますすむ鐘をつきにけり

かゞみ折る野菊つゆけし都府楼址

道ひろし野菊もつまず歩みけり

こもり居の門辺の菊も時雨さび

菊の簇《む》れ落葉をかぶり乱れ伏す

簇れ伏して露いつぱいの小菊かな

遂にこぬ晩餐菊にはじめけり

菊根分誰ぞわが鏝を使ひ失す

菊の根に降りこぼれ敷く松葉かな

日の菊に雫振り梳く濡毛かな

飛鳥みち

稲架の飛鳥みちなり語りつゝ

大和橘寺の鐘楼所見

つらね干す簷の橘まだ青く

国宝信貴山縁起絵巻源氏車争之図

争へる牛車も人も春霞

清朝翡翠香炉

春怨の麗妃が焚ける香煙はも

抱一四季花鳥絵巻極彩色

花鳥美し葡萄はうるみ菖蒲濃く

旅かなし　九句

歇《や》むまじき藤の雨なり旅疲れ

蕨餅たうべ乍らの雨宿り

くちすゝぐ古き井筒のゆすら梅

わが袖にまつはる鹿も竹柏《なぎ》の雨

公園の馬酔木愛しく頰にふれ

拝殿の下に生れゐし子鹿かな
鹿の子の生れて間なき背の斑かな
旅かなし馬酔木の雨にはぐれ鹿
旅衣春ゆく雨にぬるゝまゝ

菊ヶ丘（昭和十年より昭和二十一年まで）

大いなる春の月あり山の肩

春暁の大火事ありしかの煙

春寒の樹影遠ざけ庭歩み

庭石にかゝめば木影春寒み

新らしき春の袷に襟かけん

新調の久留米は着よし春の襟

春の襟かへて着そめし久留米かな

花も実もありてうるはし春袷

春の風邪癒えて外出も快く

恋猫を一歩も入れぬ夜の襖

冬去りて春が来るてふ木肌の香

土濡れて久女の庭に芽ぐむもの

故里の小庭の菫子に見せむ

ほろ苦き恋の味なり蕗の薹

蕗の薹摘み来し汝と争はず

移植して白たんぽぽはかく殖えぬ

空襲の灯を消しおくれ花の寺

近隣の花見て家事にいそしめる
掘りすてゝ沈丁花とも知らざりし
船客涼し朝潮の鳴る舳に立てば
蟬涼し汝の殻をぬぎしより
この頃は仇も守らず蟬涼し
羅の乙女は笑まし腋を剃る
壇浦見渡す日覆まかせけり
日覆かげまぶしき潮の流れをり
おびき出す砂糖の蟻の黒だかり
植ゑかへし薔薇の新芽のしをれたる

英彦より採り来し小百合莟むなり
冷水をしたたか浴びせ躑躅活け
実梅もぐ最も高き枝にのり
目につきし毛虫援けずころしやる
鍬入れて豆蒔く土をほぐすなり
千万の宝にたぐひ初トマト
処女の頬のにほふが如し熟れトマト
母美しトマトつくりに面瘦せず
朝に灌ぎ夕べに肥し花トマト
降り足りし雨に育ちぬ花トマト

新鮮なトマト喰ふなり慾もあり
この雨に豆種もみな擡頭す
朝な〳〵摘む夏ぐみは鈴成に
青芒こゝに歩みを返しつゝ
たてとほす男嫌ひの単帯
張りとほす女の意地や藍ゆかた
秋耕の老爺に子らは出で征ける
鳥渡る雲の笹べり金色に
菱実る遠賀にも行かずこの頃は
菊の句も詠まずこの頃健かに

雲間より降り注ぐ日は菊畠に

龍胆も鯨も摑むわが双手

解けそめてますほは風にせ高けれ

蔓ひけばこぼるゝ珠や冬苺

上京、丸ビルにて

一束の緋薔薇貧者の誠より

帰宅　三句

去年よりあまた実をもちプラタナス

プラタナス多く実をもち芽ぐむなる

仰ぎ見る吾に鈴懸めぐむなり

大乗寺　十句

一椀の餉にあたゝまり梅雨の寺
実桑もぐ乙女の朱唇恋知らず
旅に出て病むこともなし栗の花
栗の花うごけば晴れぬ窓の富士
栗の花そよげば箱根天霧らひ
かな〳〵に醒めて涼し午前四時
雲海の夕富士あかし帆の上に
ヨット見る白樺かげの椅子涼し
草の名もきかず佇み苑の夏

苔庭をはくこともあり梅みのる

山中湖　七句

漕ぎ出でゝ倒富士見えず水馬

栗の花紙縒《こより》の如し雨雫

おくれゆく湖畔はたのし常山木《くさぎ》折る

柿吊す湖畔の茶店淵に映え

湖ぞひの道なが〳〵と小春凪

うねりふす伏屋の菊も明治節

雨つよし弁慶草も土に伏し

墓参　六句

信濃なる父のみ墓に草むしり
城山の桑の道照る墓参かな
母屋から運ぶ夕餉や栗の花
厨裡ひろし四眠ごろなる蚕飼ふ
繭を煮る工女美しやぶにらみ
ゆるやかにさそふ水あり茄子の馬

松本にて　二句

健やかな吾子と相見る登山駅
高嶺星見出てうれし明日登山

英彦山雑吟　百十二句（昭和十二年）

神前の雨洩りかしこ秋の宮

上宮は時じく霧ぞむら紅葉

上宮は雨もよひなり柿の花

谿水を担ひ登ればほとゝぎす

橡の実や彦山《ひこ》も奥なる天狗茶屋

絶壁に擬宝珠《ぎぼし》咲きむれ岩襖

色づきし梢の柚より山の秋

よぢ登る上宮道のほとゝぎす

わが攀《よ》づる高嶺の花を家づとに
霧淡し禰宜が掃きよる崖紅葉
坊毎に懸けし高樋よ葛の花
花葛の谿より走る筧かな
幣《ぬさ》たてゝ彦山踊月の出に
初雪の久住と相見て高嶺茶屋
蕎麦蒔くと英彦の外山《とやま》を焼く火見ゆ

北岳にて　三句

はりつける岩萵《ち》苣《しゃ》採の命綱
岩萵苣の花を仰げば巌雫

岩蒿苣の花紫に可憐なる

彦山弁天岩

美しき神蛇見えたり草の花

ごそ〳〵と逃げゆく蛇や蕨刈

手習の肩も凝らざる日永かな

彦山の早蕨太し萱まじり

筆とりて肩いたみなし著莪《しやが》の花

汚れゐる手にふれさせずセルの膝

春服の子にさはらせず歩み去る

豊原氏より墨を戴く

石楠花によき墨とゞき機嫌よし

全山の木の芽かんばし萌え競ひ

豊前坊　二句

仰ぎ見る樹齢いくばくぞ栃の花

奉納のしやもじ新らし杉の花

英彦山九大研究所　八句

捕虫器に伏せたる蝶は蛇の目蝶

捕虫器に伏せし薊の蝶白し

蝶の名をきゝつゝ午後の研究所

芋虫とき〻て厭はし黒揚羽

芋虫ときいて恋さむ蝶もあり

捉へたる蜻蛉を放ちやりにけり

捕らまへて扶けやる蝶の命あり

葵つむ法親王の屋敷趾

天碧し青葉若葉の高嶺づたひ

六助の碑に恋もなし笹粽

北岳を攀ぢ降りるなり岩躑躅

雉子

愛しさよ雉子の玉子を手にとりて
奪られたる玉子かなしめ雉子の妻
雉子かなし生みし玉子を吾にとられ
雉子たちし草分け見ればこの玉子
雉子鳴くや都にある子思ふとき
雉子の妻驚ろかしたる蕨刈
今たちし雉子の卵子を奪り来たり
杉の月仏法僧と三声づゝ

若葉濃し雨後の散歩の快く

つなぎ牛遠ざけ歩む蓮華かな

南へは降りず躑躅を眺めけり

杉くらし仏法僧を目のあたり

奉幣殿にて　一句外

疑ふな神の真榊風薫る

病快し雨後の散歩の若葉かげ

杖ついて誰を待つなる日永人

平凡の長寿願はずまむし酒

物言ふも逢ふもいやなり坂若葉

会釈して通る里人蕨摘む

先生に逢うて蕨を分け入れし

焼けあとの蕨は太し二三本

歩みよる人にものの言はず若葉蔭

若葉蔭佇む彼を疎み過ぐ

宮ほとり相逢ふ人も夏装ひ

よぢ下りる岩にさし出て濃躑躅

里の女と別れてさみし芽独活掘る

やう〳〵に掘れし芽独活の薫るなり

芹摘むや淋しけれどもたゞ一人

竹の子を掘りて山路をあやまたず
百合を掘り竹の子を掘る山路かな
百合を掘り蕨を干して生活す
ふと醒めて初ほとゝぎす二三声
かたくりにする山百合を掘るといふ
魚より百合根がうまし山なれば
一人静か二人静かも摘む気なし
杉の根の暗きところに一人静か
彦山の天は晴れたり鯉幟
満開のさつき水面に照るごとし

早苗束投げしところに起直り
雨晴れて忘れな草に仲直り
逢ふもよし逢はぬもをかし若葉雨
花散るなやうらく躑躅心あらば
日が照れば登る坂道鯉幟
菖蒲ふく軒の高さよ彦《ひ》山《こ》の宿
美しき胡蝶なれども気味悪く
秋蝶とおぼしき蝶の翅うすく
枯色の品よき蝶は蛇の目蝶
蝶追うて春山深く迷ひけり

美しき胡蝶も追はずこの山路
道をしへ法のみ山をあやまたず
道をしへ一筋道の迷ひなく
何もなし筧の水に冷奴
花過ぎて尚彦山の春炬燵
なまぬるき春の炬燵に恋もなし
風呂に汲む筧の水もぬるみそむ
風呂汲みも昼寝も一人花の雨
咲き移る外山の花を愛で住めり
梨花の月浴みの窓をのぞくなよ

窓叩く鮮人去りぬ梨花の月

日が出れば消ゆる雲霧峰若葉

田楽の焼けてゐるなる炉のほとり

田楽に夕餉すませば寝るばかり

田楽の木の芽をもつと摺りまぜよ

田楽の木の芽摺るなり坊が妻

苔庭に散り敷く花を掃くなかれ

石楠花に全く晴れぬ山日和

花の戸にけふより男子禁制と掟て棲む

垣間見を許さぬこの扉山桜

風に汲む筧も濁り花の雨

ひろげ干す傘にも落花乾きゐし

歯のいたみ衰へ風邪も快く

石楠の恥ろふ如く揺れ交す

昭和十二年秋長女昌子を嫁入らす　四句

菊薫りまれ人来ますよき日かな

新妻の厨著愛《めで》たしさんま焼く

新婚の昌子美しさんま焼く

実をもちて鉢の万年青の威勢よく

宝塚武庫《むこ》川にて　昭和十四年　十句

熟れそめし葉蔭の苺玉のごと
露の葉をかきわけ〳〵苺つみ
朝なつむ苺の露に指染めむ
緑葉にかくさうべしや紅苺
朝日濃し苺は籠に摘みみちて
手づくりの苺食べよと宣す母
病む母に苺摘み来ぬ傘もさゝず
初苺喰ませたく思ふ子は遠く
村嬢に夕焼あせぬ苺摘

刈りかけて去る村童や蓼の雨

温室　六句

温室訪ふやゴムの日向をたのしみに
温室訪へばゴムは芽ほどき嫩葉照り
パパイアの雄花いづれぞ温室の中
温室ぬくし女王の如きアマリヽス
百合の香に愛する子らとあるこゝろ
むろ咲の花の息吹きに曇る玻璃

別府　三句

佇ちよれば湯けむりなびく紅葉かな

海地獄

湧き上る湯玉の瑠璃や葛の雨

這ひかゝる温泉《ゆ》けむり濃さや葛の花

横浜にて　三句

寸陰を惜み毛糸を編む子かな

クリスマス近づく寮の歌稽古

毛糸巻く子と睦じく夜の卓に

税関にて　二句

屋上の冬凪にあり富士まとも

北風吹くや月あきらかに港の灯

昭和十七年光子結婚式に上京　三句

歌舞伎座は雨に灯流し春ゆく夜

蒸し寿司のたのしきまどゐ始まれり

鳥雲にわれは明日たつ筑紫かな

母久女の思い出

昭和二十一年一月二十一日早暁、太宰府の九大分院において母は亡くなった。それは終戦の翌年であった。肉親で臨終に間に合った者は誰もなかった。九大分院は精神科関係の病棟で、従って母の死は、世間では狂死ということになっている。その母を思い出すことも語ることも苦しい。狂死と云ってしまった方が早いかも知れないが、ありふれた分別のつかぬ狂人ではなかった。死亡診断書は腎臓病であるが、極度の神経衰弱であったかと思う。全くの狂人で無かったことは確かである。

母の句生涯は、ほとんど小倉《こくら》で送られた。鹿児島で生れ、小倉で暮らし、太宰府で亡くなり、一生から見ると九州は縁故の深い土地であった。

父、赤堀廉蔵は信州松本の出身、士族の次男だったときく。大蔵省（事務官）、宮内省、学習院の会計などに勤めた官吏である。母の幼時を送った琉球《りゅうきゅう》台湾では、税制を施《し》くについての基礎調査に当った。好学心強く、寡黙特に辛抱強い人だったという。母の努力的な気風は、この典型的な山国人とも云うべき父の気性を享《う》け継いだものと思われる。

母、赤堀さよは、芸のある人で、竜生《りゆうせい》派池之坊の最高職、関西家元代理として八十八歳まで鋏《はさみ》を握っていた。

兄弟姉妹六人中の五番目、母は三女だった。長姉と弟は夭死《ようし》したので実際は末子であった。

姉妹二人は台湾の小学教育を経て、東京お茶水高等女学校の入学試験に相継いでパスした。歴史の浅い台湾の小学校教育では前例のないことだった。

父はこの姉妹の好学の気風をたのもしがり、母を末子ででもあったからだろうが、特に可愛がったという。物質的にも精神的にも、まず充分、母のもっとも恵まれていた時代である。

二十歳の時、父の望みで、美術学校を出た杉田宇内《うない》と結婚し、小倉に移った。県立小倉中学校の画《え》の教師として赴任したからである。

俳句を始めたのは大正五年秋、二十五六歳の頃だった。それは次兄赤堀月蟾《げっせん》のすすめに依《よ》ったものという。ホトトギス婦人十句集や婦人欄が主な勉強の場であったらしい。大正七年四月に初めて雑詠に一句入った。

この頃からの私の記憶は大部はっきりするが、といって、子供のことでもあり、まだまとまった考えは無かった頃である。俳句を作るのを父が嫌ったということだが、それがどういう筋合いのものか考えて見るまでには至らなかった。しかし、それよりも、主として私の目に写ったのは、争いがちの家庭生活というものについてである。それを語らなくては、母の運命にふれられないのであろう。しかし又生きている父ということも思うので、私の筆はしぶる。

とにかく、父と母とは、性格も生立ちも、総《す》べての考え方も根本的にくい違っていたように考えられる。父は一校に四十年間精勤した。奥三河の山家育ちで、地方素封《そほうか》家の出である。しかしその育ちから来る性格は、真面目一方、ある意味では頑固、偏狭であったと私には見える。母はいわば、植民地の明るい色彩の中で、温室育ちであった。古風な封建的な山国の気風には縁がうすかった。宿命的な不幸が、こういうところからも生れないわけにはゆかず、大正七年、実父が他界し、三年忌の納骨式の際に、始めて離婚問題が実家の問題として取上げられたほどである。

病気をしたりもして、母は一時実家に帰っていたが、しかし、結局帰って来た。育った時代の女大学式の思想からものがれ難かったのであろう。久女を自由奔放、あるいは無節操、背徳者の如く片づける批評もあるが、あまりにも人の世の常の母親と変りなく、子供を置去りに出来る人ではなかった。

その頃のホトトギス雑詠の成績は、私にははっきりしたことも云えないが、丁度婦人俳句の勃興《ぼっこう》期にも当り、東にかな女、西に久女などとも云われ、毎月かなりの成績を得て居たようである。しかし、私は俳句については素養も知識も乏しく、あまりくわしい事は云えない。母は私が俳句に深入りすることを喜ばなかった。それは父への思惑もあったろうし、女としての幸福を得るようにというのが母の気持でもあったからである。

その母を、性格の違う冷悧《れいり》な姉は「少しばかり俳句が出来たからと云って、田舎でうぬぼれて見ても、東京には久さん位の者は、箒《ほうき》で掃く程ある」と云ったことがある。この言葉は良い意味にも、悪い意味にも、終生母を反省させたようであった。

その後、基督《キリスト》教の教会に通い、後洗礼を受けたりした。母が宗教に入ったのは、ある人のすすめに依ったものだった。その人は熱心なクリスチャンだった。皮肉にも、あるいは当然だったのかも知れないが、救われなかった。或人と母の仲を中傷する者さえ生れた。事実は誤解である。母は涙をのみ、黙って宗教の世界とも別れた。神の名の下に、利害算段と、浅薄な人間の心が見えすいた、そういう人々の集りである宗教は無意味だったのであろう。宗教よりも芸術だ、俳句の方がいい、とこの時云ったのを覚えている。これは教会に行ったことは却《かえ》って、自分の進むべき魂の置所を摑《つか》んだものと思われた。これは確か、大正十三四年、母の三十三四歳のことではなかったろうかと思う。

俳句作家として、たゆまない精進の姿は、主としてそれ以後のことである。

自分の年齢を考え、自分を知り、環境、周囲を見廻《みま》わし、自分には俳句だとさとったその母には、俳句を始めた頃の一心とは又違った懸命さがあった。日常の小さな皮肉や非難などに耳を藉《か》そうとしないし、淋《さび》しいにつけ悲しいにつけ、俳句を作っていると心が明るくなると云ったし、何を云われようと、地上の名利を追わなくても、くやしかったら芸を磨けばいいのだ、目前の俗世間に迎合しなくても、自の魂を磨けばいいのだ、と云い云いしたのもこの頃だった。

大正の末頃から、古今女流俳句の比較研究を一生の仕事にしたいと毎日調べていた。短い一生をただ云い争ってつまらなく暮してもつまらないというのが口癖であった。昭和五年秋に、大阪毎日、東京日日新聞社主催の日本新名勝俳句の募集があった。選者は高浜虚子氏であったが、母も福岡県田川郡の英彦山の句を応募した。

谺して山ほとゝぎすほしいまゝ

最優秀句二十句の中に選ばれ、風景院賞になった。

思いがけないことではあったが、この入選はたしかに記念すべきことであった。

昭和七年、俳誌「花衣《はなごろも》」を出した。表紙から自分で書き、一切自分でやっていたが、五号で廃刊した。色々理由はあったろうが、経営難からではなく、むしろ健康を害して居たのが原因だった。

高浜虚子先生の依頼に依り、昭和八年十一月改造社発行の歳時記、春の部の若干の下調べに当っていたのも此の頃であろうと思う。こういう仕事の好きな母は喜んでやっていた。

母の晩年が意外に早く来た。その思い出はもっとも私には悲しまれる。昭和七八年頃、二人の子も母の許《もと》を去った。私は男の兄弟を持たず、母には男子が無かった。母の健康が思わしくなく、この頃一月余り病臥《びょうが》し、私の学友で、母の俳句弟子から、死ぬかと思うという便りに驚ろかされた。あとで思うのに、この時の病気は母の生涯に終止符を打つ大きな原因となったと考えられるのである。

今度整理した日記の中には

「無限の淋しさ。——、私は始終最後を自殺で閉ぢやうと考へ出す程幽鬱で孤独で寂漠だ。しかし又、地上の悲しみ孤独不満、——、——幸福ももたない私ゆゑに、宗教をおもひ、理想をおもひ、芸術を永遠を」

「私は今何も求めてはない。肉慾も、恋愛も、富も、地位も、只、芸術と子と誠実、しかし又自分が安心立命してどうか人を救ひたい。

しみじみ死をおもふ日もあれど、つよくならねば」

これは昭和八年頃の日記の抜萃《ばっすい》であるが、私には、俳句に追いすがっている母の霊が見えるような気がするのである。母の気持の目標は遥《はる》かに地上の幸福から離れて居たように思う。私はそこのところを、もっと突込んで見なければと思うのであるが、いま筆にするほど気持の整理は出来ていないし、筆にするには、なお忍びないことである。

その時の病気は筋腫《きんしゅ》の悪化だったのが、こういう種類の病気について、夫に相談するには、遥かに夫婦共隔っており、治療もうけずに過ぎてしまったのである。

　平穏な家庭にあってさえもだが、悩める魂を抱いて、且尚こういう病的な健康状態は、精神に影響を及ぼさぬはずはなかった。気持にむらが出来、日常生活や物の受取方に日一日と累を、しかも徐々に及ぼして行った。

　母が生甲斐《いきがい》の一切を俳句にこめ、殆ど他の娯楽には心を向けた覚えは無い程であるが、それだけに、師高浜虚子先生を尊ぶ念は徹底していた。殉教者のような畏《おそ》れをもち、特に母の場合、希望も救いも先生に求めていたのではなかろうか。

　しかし、不幸にも病体から来る神経衰弱の結果は、気持と反対の結果を招かねばならなかった。ひいては彼女の句生活も破滅に陥った。

　ホトトギスにいくら投句しても出なくなり、昭和十一年には、それまでの厚遇によるホトトギス同人の籍を除された。

　これも母の運命として、成行で仕方が無かったことは、虚子先生の「国子の手紙」の文章に現われているところである。とにかく、彼女の運命は芸術による安心立命、復活に憧《あこが》れたにも拘《かかわ》らずここに極まったのであった。

　世間の脳裡《のうり》には、ただ呪わしく精神分裂の母が残っているかと思われ、私の非常に遺憾とするところである。人間久女、作家久女の生命はそれ以前にあることをはっきり云いたいのである。

死後筐底《きょうてい》から、墨書の句稿が出て来た。虚子先生の半折《はんせつ》

子規逝くや十七日の月明に

が一緒に封じられて居り、心を打たれるものがあった。

句集は一生に一冊は欲しいと云っていたがそれから約二十年の月日が経過している。私は、母が病気の末、不遇な運命を辿《たど》ったことについて、事の善悪、恥の大小を超え、苦しくとも、心からの慰霊と、ささやかな魂を生かすため、いつか句集を供えたいと思っていた。母の苦情は、真面目な者なら、やはり、死か狂うより無かったであろう。しかし最後は一口に狂死と云われて居るが、静かな安定を得、狂死では無かった。苦しむことなく、冥目《めいもく》したというのがせめてもである。

虚子先生は、始終必ずしも尋常でなく、苦しい疼《うず》きから、師にぶつかって行った弟子であったにも拘らず、こだわりを一言も見せられなかったばかりか、心厚い理解の眼を注いで下さった。数多い門下の中でも、これ程最後をお世話になった者はあるかどうかとさえ思われるのである。句集についても始めから大きな力となって下さった。殊《こと》に選句は非常な労と思われた。その他、殆ど直接重要な一切の労を御取り下さった。よし、母の句が、よいものであったにしても、虚子先生の御力と御気持が加わらなかったならば、私の力では、これをこれ迄に生かすことも出来なかったし、又私自身の心の救いも得られないところであった。先生に依って過分の精彩を仰ぐことになったことを忘れて

はならないと思うのである。母に代り先生に厚く礼を尽したいと思う。

遺稿は便宜上、三部に分けた。第一部堺町、第三部菊ヶ丘は小倉の棲家《すみか》のあるところの名により、第二部は主宰した雑誌「花衣」の名をとった。

この句集が世に出ることは、偏《ひと》えに、高浜虚子先生、川端康成氏、池上浩山人《こうさんじん》氏、石川桂郎《けいろう》氏の御厚意と御尽力とに依るものであった。又角川書店主角川源義《げんよし》氏の並々ならぬ御厚意も忘れられない。ここに記して以上の方々に謹んで深く御礼を申上げたく思う。

昭和二十六年九月二日

松名にて

石　昌子

補遺 I

初凪や内海川の如く酒庫の壁
初凪や船に寝て今日も陸地なし
小唄やめて臼只ひけり土間の冬
炭の粉を寒菊に掃く箒かな
先つんで捨てたる葱に寒の雨
蜜柑送るに蒲鉾板をけづり書きし
韮炊くや夜寒灯に居りし児はいねぬ
知らで踏む小草の花や春浅き
新しき柄杓の木香や水温む
薪濡れて燃えぬ竈や春の雨

宴はてゝ膳あらふ灯や若葉雨

拭巾白く干しつらねたり若葉かげ

もぎたての茄子色濃さや桶に浮く

茄子苗を買うて伏せ置くめざるかな

庖丁とぐや無花果の葉に夕立うつ

修理して厨明るき若葉かな

井側替へて青桐に木の香新しき

色白く肥えて婢美し茄子畑

桑の海にふりそゝぐ日や暑し

手づくりの初なりの茄子や夕の膳

皿の絵に赤くしみつく苺かな
幟ひたと黙して暑き街道埃
松原に虹美しき幟かな
明日の麦を井にかすや月出でにけり
椀のふたに花柚の香や朝うれし
干瓢干て日盛や連山せまる家
日盛土人葉かげのバナナ切りに入る
夏草を退きためし朝の潮かな
山畑の茄子なり盛る秋涼し
今朝秋や酢の香うせたる櫃の飯

パセリ添へて皿絵美し萩の夕

かけす馴れて婢の名を呼ぶや今朝の秋

霧の中にボーと鳴る汽笛や黙す夫婦

五月振り家に帰る　一句

妻留守の汚衣《よごれ》ためて秋暑し

秋空の如く瞳のすむ子かな

皿愛でて菊膾する旗日かな

コスモスやとまと切る皿の絵の模様

婢をまぜて女三人やいもの秋

間引菜を浸して寒し桶の水

間引菜洗うて水切る笊《ざる》や破れゐし
庭の菜を笊にうづたかし小春縁
箒すてて根深の肥に去りにけり
小包の縄切る柿の庖丁かな
箒目こまやかに葉雞頭のまはり掃きにけり
ひやゝかの竈に子猫は死にゝけり
夜寒さや棚の隅なる皿小鉢
魚に酢の利く間や菜を間引きけり
柿むいて渋に染む手の幾日かな
冬の朝道々こぼす手桶《をけ》の水

凩や流しの下の石乾く

妻若く前掛に冬菜抱きけり

繝飯に灯して夫を待ちにけり

川に映りて竈火震ふや霜の朝

霜に出して燃す七輪の屑《ガ》炭《ラ》赤し

枯菊の根の泥石を掘りて来し

氷豆腐の笊つる枝や北斗冴ゆ

外厠に婢の行く音や夜半の冬

魚見せて呼べど猫来ぬ寒さ哉

こはばりて死にし子猫や冬の雨

猫の皿空しくありし寒さかな

炭小屋に灯し行く婢や露を言ふ

きな粉挽いて婢等が情話や夜半の冬

かそと婢のもの書く夜かな氷雨降る

旧習に老婢我を張る師走かな

鯛を料るに俎せまき師走かな

皿破りし婢のわびごとや年の暮

へつつひの灰かき出して年暮るゝ

大蛸をつるして除夜の厨広し

猫泣くを起出て見るや厨寒し

大正七年

大火鉢据ゑる板間や年の暮

子等残し来て日暮れたる年賀哉

福寿草の芽を摘みし子と夫にわびぬ

門司に買物にゆく

まゆ玉買ふや路次に海濃き港町

まゆ玉に浜風強く見し鏡哉

父を待つ子等に灯すや大吹雪

庭の葱引きくれて移る隣かな

厨事そこ〳〵や畠の冬菜見に
襟巻いて土間に産湯を焚く夜哉
菜洗ふや流に濡れて足袋の甲
寒鮒を汲み上げて井の底くらし
砂深く春待つ貝を見出でけり
くくられて春まつ桑に岨道高し
孫に子にひやゝかの舅《ちち》や冴え返る
ホ句忘れて洗濯に日々や春めきぬ
厨の灯に笊もちよりて芹そろふ
笊の一つにはかまぬがせし土筆かな

次女病床に来て甚あどけなし

椿よりも汝を見る我目たのしめり

熱の乳呑みに来る児や紅椿

我病めば子のもつれ髪春寒し

或夜

正夢の如く母来ぬ夜半の梅

春の夜を我魂遊ぶ都かな

傘の紺色沈めて蝌蚪を見つめけり

ひしと出て芥子の二葉や別れ霜

客の前に子の我儘や紅椿

春木かげ踏み歩む子に庭せまし

灯に淋しき雛なぐさめて起きゐたり

春雨や夢にとけこむ暁の鐘

尾を引いて鐘がなる夜や春の雨

雞しきりに告げて春雨菜に晴るゝ

山吹に濡れ帰る婢のはだしかな

桶の貝に潮くみて来ぬ春の川

花銀杏広き板間のひえにけり

争ひ安くなれる夫婦や花曇り

昨春の上京を思出でて　三句

花の旅しば〳〵下車《おり》て知己をとふ

父母の老を花に訪はんと旅立てり

炉ふさいで老父母の布団しく淋し

上野桜木町にて

花の町こゝに尚ある我家かな

生計《たつき》たつる花畠に風雨憂ひけり

花畠に色澄む峰や蜂群るゝ

用なき灯厨に尚ある春夜かな

河にむいて厨窓灯す春の宵

春夕べゝ句なし竈赤く燃ゆ
卓の皿そのまゝや消す春夜の灯
今日の客にみがくナイフや桜草
洗濯に主従仲よし椿かげ
洗ひ干す子の衣皆赤し桃の風
犬にむごき婢をたしなめぬ木瓜の雨
つま立てゝ桃に竿のす小婢かな
婢がしめし木戸おす犬や春の雨
花吹雪犬をつないで外出かな
昼飯たべに帰り来る夫日永かな

或時は憎む貧あり花曇

ソース煮て冷せる鍋や春あつし

笊に摘む花菜つぼみや弥生尽

弥生尽子を連れてよく出でありく

彼岸会の鐘のとゞかぬ野住かな

垣の根の菫摘む子をいましめぬ

旧師の訃報

ゑがきまとむる面影あはし花の雨

読みうめば首振人形日永かな

画く父ホ句よむ母や野辺遊び

述懐

かなしみをつげて悔あり春の暮

婢がとづる買物帳や暮の春

豆種雨にほとびて土にあからさま

博多へ行く　四句

訪ふ家の婢に馴染あり著莪の花

訪ふ家の婢に買ふものや花の雨

菜の花に沈む家とぞたづね行く

牡丹にひねもす客や疲れたり

青海苔干すや連翹の雨旭にかわく

東公園

金魚はや買ふ家もありぬ若葉かげ

茄子植ゑをへし泥鰍川にすゝぎけり

牡丹にひねもす降りぬ新井筒

栗の花ちるや大屋根の雨に炊煙這ふ

牡丹散るを笊にひろへる夕かな

アネモネしきりに散るを惜しみて竈焚く

貝すりの膳に栄えたり牡丹の灯

膳椀の百人前や松の花

牡丹に家宝の絵皿出したり

若葉の旭板間に青く流れけり
厨窓の障子はづして若葉濃し
牡丹咲くや梁《うつばり》すゝぶ大厨

次女光子

ひまはりに背丈負けたる我子かな
茶釜たぎるや大笊の新茶つかみ入る
よべの豪雨に焚かれぬ竈や柿の花
古俎のかび白く噴いて梅雨入かな
ゆすらの実赤し垣根に欄干たり
コレラ流行れば蚊帳つりて喰ふひるげ哉

大鮎一尾づゝ青串打つて焼きにけり

鼠死に居て気味わろき井や梅雨に殖えて

夏足袋ほすや茄子を支へて竹細し

衣紋竹に柿の葉風のつのりけり

夏夜人に蓮池ひろく灯を浸す

矢矧《やはぎ》川沿岸

灯皆消して瀬音に寝るや夏の夜

起し絵淋し寝ねゐし布団積みよせて

長女病む

玻璃の水草白根漲るついりかな

熱高き子に蔓朝顔の風はげし

入院

病児寝ぬれば我に蠅襲ふ畳哉

次女をよそにあづけ看護する事四日

子燕や我になき焦るとあはれなり

広葉雫広葉を打つてまた清水に

新涼や黄葉出来そめし小楮

厨窓にのぞく穂先や箒草

くゝりゆるくて瓢正しき形かな

梯子かけて瓢のたすき急ぎけり

黍に浴めば庭に月噴く泉哉
畑厨をめぐればば多し秋の蠅
雞頭に白々と立てぬ厨障子
障子まだ張らで夜寒や厨窓
丸く寝て犬も夜寒し厨土間
葱畑に障子はめたる厨かな
竈の灰かきとりかくる冬菜哉
笊の目の泥や冬菜をぬき入れて
笊にぬいてどこそこ分つ冬菜哉
粉雪散る引窓しめぬ乾鮭に

大正八年

髷重きうなじ伏せ縫ふ春着かな

新年

注連かけて屋根なき井戸やお降す

あみの餅番する子等や初烏

雪掻いて雑煮菜掘りしところかな

晴衣かけて松の内なる衣桁かな

水仙に至りし雪の歯あと哉

かきまぜてまだぬるき湯や寒の入

短日の雀に閉めて夕餉かな
壁によせて布団寒げに寝る婢かな
あたへたる足袋を婢がつぐ炉べりかな
大河豚の腹横たへし俎上かな
竈たくや石の如落つ凍て雀
料理人来て冬木根に竈するゐにけり
鴨料る庖丁鋭く血を恋へり
活け残りし水仙つけて甕久し
石鹸玉小さく破れたる畳かな
青天衝て春めく枝の光かな

菜飯ふくやいたく曇りし豆ランプ

春の夜や帯巻きをへて枕上《ミ》

病蝶や石に翅をまつ平ら

青蔦や露台支へて丸柱

蛙田に灯流し去れる電車かな

行く春や玉いつぬけし手の指輪

実桜や羽織かさねてつかね髪

こでまりや油しまざる櫛《くし》笄《かうがい》

紫陽花剪るや袂くはへて起しつゝ

大枝を引きずり去りて茂りかな

衣更て来し花売や手覆白し
木の花の我れに薫るや更衣
衣更て上《あ》陸《が》らぬ港ながめけり
笊干すや茄子の添木にあちらむき
熱高き子に水汲むや五月闇
花桐やかり〳〵こする鍋の尻
若楓の色みなぎれる硝子かな
曇天に漲りたてる新樹かな
鳥の餌の夏菜すりたる小鉢哉
夏山をめがけてはやき燕かな

蠅帳に蟻道つけし敷居かな
夫留守の夕餉早さよ蚊喰鳥
残り火に煮返す鍋の小鯵かな
木下闇肩当白き竿のもの
梅干の塩噴く笊や夾竹桃
蟬涼し盥にねぢし水道栓
麦煎るや炮《ほう》烙《ろく》まぜつゝホ句見る目
船港にみちて灯りし葭戸かな
梁暗し尚蟹生くる魚《び》籠《く》の音
濡れ土に影濃き蟹の歩みかな

蟹這ふや濤赤く照る松の脚
熱の子に夜明ひた待つ蚊帳哉
月の瀬の音高まりし蚊帳かな
涼しさや厨事をへて畠逍遙
露涼しいまだ眠れるおじぎ草
露落ちて柄長く泳ぐ広葉かな
崖の船に垂れゐて明かし草の花
草の花に陽のかげやせぬ纜《つな》の石

ポプラ並木

月うけて皆しろがねの葉揺りけり

月光つゝむ木立の霧となりにけり
茶釜上げて唐黍やく火掻きにけり
子等まつやたうもろこしを焼く板間
竈燃すや黍畠翔る蝶くろし
藪の端に露乾き咲く野菊かな
朝寒のそでなし探す行李かな
秋夕や気をひきたてて厨事
夜寒さや艫声きゝつつ厨事
コスモスに障子貼りかへて厨明し
コスモスに俎干して垣低し

湯ざめせる足冷かに板間ふむ

秋雨や文よみさして竈のふち

まはり来て秋日すぐ消《け》ぬ厨窓

一つとりて針さして見ぬ鍋の栗

夜寒の灯橋渡る見し外厠

狐火の如く岨行く灯を見たり

幼時追懐

狐火におとなしく怖き父と寂し

打ち上げて忽ち氷る藻なりけり

水鳥に枯蓮皆折る丶氷かな

氷る底に紅うごいたる金魚かな
折れて惜しむ手馴れの針を供養かな
一間ふさぎて料理並べある寒さかな
送り膳に灯して行きし霜夜かな
仏にも供する膳や枯菊忌
枯木はづし来て干大根土間にあり
すべき事皆をへし厨や除夜の鐘

大正九年

門松につぎ〳〵下車りて棲とりぬ

松立てゝ灯りし町の繁華かな
彩旗のかげ飛ぶ船板や松飾
霜とけてかわきからびし草を焚けり
霜消えて草にみじかき木影かな
焚火あとに焦げて霜おく蔓太し
落葉して雲透き動くポプラかな
落葉ふんで木深く入れば落椿
落葉掃くやいつしかとけゐし羽織紐
踏み去るや出代る坂の枯木影
春の人さと染めし頬へ袂かな

芹すゝぐや水堰き覚ゆる足の甲
芹摘や灯の街に来て裾下ろす
芹洗ふや雨輪見え来し船の横
漂ふ芹に水輪ひろごる濯ぎかな
波紋ひまなき船の障子や水温む
揚羽蝶花首曲げてすがりけり
切れ蔓に吹きあふらるゝ蝶々哉
桃折るや髪の地に落つ雨雫
塵の中にくさりうづもる椿かな
雨を過ぎて茎立気づく菜畑かな

出《で》代《がはり》や塀摺りて去る傘のふち

しめかへて捲く常帯や出代女

出代りて戸締り教ゆる手燭かな

つき来る犬に戻りつないで出代りぬ

菊の芽に暁雨をやまで出代りぬ

夏近し梧桐の苞浮く潦

新茶すゝめて帯高く去る廊下かな

臼肌に染みし葉色や新茶碾《ひ》く

腹かけや頭勝ち過ぎし足弱子

四葩切るや前髪わるゝ洗ひ髪

月の歯朶影濃く揺るる清水哉
蝸牛に枝岐れんとして木瘤哉
芥子に佇つや胸に手くみて腰細く
夏帯や浮葉のひまに映し過ぐ
風をいとひて鬢にかしげし日傘哉
月光涼しく肩に砕くる湯槽哉
坂人や日の斑すり行く白日傘
黄ばら萎びて香高く散りし机哉
芥子散るや拾ひ集めてま白き掌
涼しさや水つけてかくほつれ髪

梧桐や地を乱れ打つ月雫
肩をすぼめて咳く力なし秋袷
百舌鳴くや苔深くさす枝の影
つるし柿の色透けて来し軒夜寒
こまぐと枯枝折れ散る木立かな
枯草に裾かへす時足袋白し
鍋に遠く足袋かわきある炉ぶち哉
地に近く揺れ時雨ゐて菊真白
葱畑の雨に灯流す障子かな
土に出て濡れゐる小石葱畠

大正十年

水鳥の波紋静かや楼の脚

水玉ふつて水鳥首を立てにけり

雨の菊起し折る足袋ぬれにけり

鶯やうたゝねさめし長まつげ

山吹の枝吹き上げぬ地這ふ風

別るゝ日迫ると思ふ新茶かな

黒蝶に親しむ端居夏浅し

傘にさゝやく粉雪うれしや二の替《かはり》

大正十一年

重ね着の顰皺よせて笑み貧し
枯れ柳に来し鳥吹かれ飛びにけり
冬服や辞令を祀る良教師
あたゝかや芝生にまはす客の下駄
灯の町深く春潮わかれのぼりけり
病める子に太鼓うるさき祭かな
芋畠に住みて灯もるゝ小窓かな

大正十三年

芒穂に荒れ居る海やどろにごり

大正十四年

誘はれて草つむとなく出でにけり

摘み草の児等佇ち見るや描く心

松山に来て師にまみえ夏羽織

競ひかちて尾ふる大紙鳶峰の上

大正十五年

はし近く金魚見に出し恙《つつが》かな

雁なくや釣らねどすなる母の供

昭和二年

松籟やこもりなれたる冬座敷

灯ともして雛守る子や宵の雨

厨事すみし婢も居ぬ雛の前

燭とれば雛の影皆移りけり

灯すに間ある小窓や蜆汁
蜆籠舳におかれ人あらず
大地うつ雨久しけれ瓢苗
海峡の潮こく栄えし幟かな
若あしやうたかた堰を逆流れ
朝涼や芝刈見守る老守衛
苫《とま》かけて舳高さよ若葉雨
三日月や槐《ゑんじゆ》若葉の雨露しきり
萱葺の簷の厚さよ若楓
昃り去る雲の静かや牡丹園

姑と呼ぶ後添わかし藍浴衣

花茄子や名もなき妻とこもりすむ

夏の夜や月に干衣の玉雫

夏の夜やいでゆ泊りのただ一人

葉鶏頭や紅ま（ママ）えそめて露しとぶ

夏祭渡御の舳をつらねたり

高原の干草いきれ星あかく

銀漢や芝生の映画人だかり

大阪の母滞在

夕顔や灯とほく母とねころびて

温泉《ゆ》の宿や夜明の青嶺蚊帳ごし
吹きとほす月の蚊帳や浜館
蚊帳をすくさ青き灯かな戯曲よむ
小萩野や峰を下りくる雲の影
海廊や紅葉しそめし蔦柱
りんだうの濃るり輝く岩根かな
雨冷の俄か障子や葉鶏頭
稲妻のはためきうつる芙蓉かな
冬籠る有髪の僧や子沢山

昭和三年

松の内こもりくらして雪とけず
足袋白き婢のたちゐかな松の内
寒菊や身をいたはりて厨事
水仙や小家ながらも青畳
如月の海をわたりし句会かな
二ン月や芝生のざぼん落ちしまゝ
春寒やうすみどりもえ広野みち
茎立に曇り日ながら散歩かな

春もはや牡丹桜の落花かな

大いなる古蚊帳吊りて槐宿

青芦や万葉遠賀の古江道

帰省子に師を招びまつる夕べかな

唐黍や子らすこやかに夫の留守

新涼の草しきふせり青瓢

葉ごもりの青いちじくや秋涼し

壺ながら縁の日あてる野菊かな

熊本水前寺にて

絵簾のかたはづれして泉殿

草堤鯊釣る母に従へり
晩涼や月今のぼる庭木立
小萩原下りくる杣《そま》を見上げけり
りんだうや荘園にしてすその原
俳信のくる日こぬ日やむかご垣
とざしある花見の亭やかへり花
むかご蔓こぼれつくしてきばみけり
松風や病養ふ桐火桶

昭和四年

庭隅におちし柑子や冬籠り

一むらの寒菊の芽も根分かな

童顔の合屋校長紀元節

薄氷や橋の袂の緋鮒売

探梅やお石茶屋にて行逢へり

まきかへす遅日の院の絵巻かな

探梅や手にぶらさげし削鷺

ふるさとの野に遊ぶ娘やすみれ草

秀枝《ほつえ》なる一重山吹咲き初めし

一二弁そりかへりたる姫辛夷

芽杉もてふけるところや花御堂
大蛇のすがりしまゝに風の藤
青芝や樋割れにのせし石一つ
老鶯やこもり馴れたる槐宿
草むしる芝生の所《しよ》化《け》も紺単衣
梅雨雲のかくさうべしや霧が嶽
釣蘭や深彫りしたる十《く》字《る》架《す》の名
一椀の味なき飯や梅雨ごもり
青桐やいよ〳〵しげき簷の雨
わかるゝや夾竹桃の影ふみて

斑猫の翅をひろげて舞ひ去れり

川上へのぼりつれけり星の笹

青瓢驟雨過ぎたる草むらに

青瓢暁雨凝りたる草むらに

新涼や莟尖りし白桔梗

夫をまつ料理も冷えぬちゝろ虫

芋畑に沈める納屋の細灯

月光を遮る簷の広葉かな

そこばくの稿料えたりホ句の秋

草の実をいつしかつけて憩ひけり

昭和五年

芦嫩芽むら立つ中にかゞみけり

春蘭や雨をふくみて薄みどり

杜若さげ来し君と業平忌

露凝ればば垣夕顔の閉ぢあへず

伐りはらふ軒のひろ葉や居待月

英彦山にて

雲海にさ丹《に》づらふ日や秋の暮

山腹の町に下りきぬ秋の暮

枯蔦を誘てこぼるるむかごかな

昭和六年

娘にゆづる櫛笄や花の春
塀ぎはに萌えし蕨をそだてけり
むすびやる娘の春帯は板の如
木蓮や人来り去る井のほとり
木蓮の花影あびて去りがたく
竹たてて百合根の上をふまじとぞ
はねつるべ菖蒲の水の上り下り

たもとほる女誰々ぞ濃紫陽花

星の竹病む娘のホ句も吊り添ゆれ

囮籠かけゐる人を木影より

秋耕の古鍬の柄をすげにけり

干鰯見てゐる欄も夕づけり

すでにして簀子《すのこ》の鰯夕づけり

昭和七年

草の戸に住むうれしさよ若菜つみ

雲影をかき消す波や蓴《ぬなは》摘む

木の芽垣日にかがやいて雫晴

露けしや掌にもぎのせし濃無花果

世の煩ひを忘れて龍胆をつみつゝさまよふこと七日ばかり

龍胆や孤り来なれし杣の背戸

龍胆の夕むらさきは昃りけり

昭和八年

温室《むろ》の戸を流るゝ露や萵苣《ちさ》そだつ

かやむらを飛出す鳥や堤やく

春の風邪臥すにもあらずいつまでも

三方にもえ咲く筒やアマリリス
きよらかにすみて子の無し雛の前
甘酒をわかし我まつ母やさし
つれぐ〳〵の雛つくりす母手まめ
ふところに入れし文あり春の径
雛かざる娘の遊学はなほ許りず
鳳蝶の陽を照りかへす瑠璃翅かな
高みより水に降り来る藤しづか
春の帯むすびかへゐる芝生かな
紅つつじ椽《えん》に坐れば照るおもひ

花散らす椽端の風雨猛り来れ

宝塚にて

並び聴く母耳ぅとし遠河鹿

月涼し四方の水田の歌蛙

於遠賀堤

水上の英彦は白し若葉つむ

沙羅の花降り来る鐘をつきにけり

鳴りひびく鐘も供養や沙羅の花

鐘つくや四方にわきたつ雲の峰

昭和九年

鴛鴦のゐてひろごる波や月明り

二月十日稚内より巨蟹を送られて打興ず

オホツクの海鳴かたれ巨き蟹

ゆであげて蟹美しや湯気赤く

釜の湯のたぎるもたのし蟹うでん

紀元節ひとり香春《カハル》神宮院にあそびて

岩ばしる水の響きや梅探る

背山よりたつ焔《ほ》煙や梅の茶屋

裏山の笹の焰鳴りや梅の茶屋

探梅や暮れて嶮しき香春嶽

谷深く探ぐる一宇や梅花節

芹つむで淋しき歩をぞ返しける

春寒く籠りてやせぬもの食まず

いぢけゐる我魂あはれ芹つまん

東風寒や孤り来なれし遠賀堤

雛淋しけれども孤りかざりゐる

潮疾しさよりを抄《すく》ふ礁ほとり

見渡して帝都は親し花の雲

英彦より

降《くだ》り来て石楠折るや谷深く
石楠花やここより仰ぐ彦の宮
郭公や太敷たてし朱の宮
南国の五月はたのし朱欒咲く
朱欒咲くわが誕《あ》生《れ》月の空真《ま》珠《たま》
ほり出して全き古瓦や草の花
へや深く漂ふ日あり菊花干す
炎上をのがれて尊と御頬疵
疾く起きて掃くたのしみや露の花圃

渋ぬけて旭に透く色やつるし柿

秋晴の巌にこしかけ釣の幸

昭和十年

山頭の赫土さす日や小松曳

雪嶺の襞濃く晴れぬ小松曳

電車待つ未明《まだき》の北斗冴え返り

風呂焚くや石炭喜々と焔鳴りつつ

節分のくらき神楽に詣でけり

御廟所へ向ふ径も笹鳴けり

陽炎へる老の歩みにそむくまじ
久方に笑み交す瞳も雛さび
古雛や花のみ衣《けし》の青丹さび
雛愛しわが黒髪を植ゑ奉る
とほくより桜の蔭の師を拝す
わが袖にまつはる鹿のあしび雨
叱られてねむれぬ夜半の春時雨
花過ぎし斑鳩《いかるが》みちの草刈女
名草の芽もゆるところに日は濃く
岩《いは》惣《そう》の傘ほしならべ若楓

舞下りて山田の鶴やなき交す
菊うりの少女までどもこぬ日がち
縁の日のふたたびうれし黄豆菊
芝にあれば木の実もふらずよき日和

昭和十一年

冬凪げる湖上の富士を見出けり

横浜税関

屋上の冬晴にあり富士かすむ
街路樹の黄葉あたたかし電車まつ

夜の街に去年のなじみの菊うり女
まちあはす冬日の町の時計台

ユダともならず

春やむかしむらさきあせぬ袷見よ
帰朝翁横顔日やけ笑み給ふ
栗の花そよげば峰は天霧らひ
栗の花そよげば晴れぬ窓の富士
こぎいでて倒富士見えずほととぎす
灯さぬ水辺のキャンプ早も寝し？
鳥の巣もぬれて赤富士見に出よと

嶺青し妹と相みる登山駅

信州

杏熟れ桑照り四方は青嶺晴

賑はしや市場はつゆの蔬菜競る

わがたちゐるピアノにうつり菊の前

雲海の夕富士紅し稲架の上

菊携げて笑みかはす目に情あり

花園に糞する犬をとがめまじ

旅に出てやむ事もなし柿と栗

昭和十二年

筆とればしづかにたのし塗火鉢

円山応挙墨絵

金屏の蛟竜雲に乗ずべく

山楽源氏物語屏風

争へる牛車も宮も春がすみ

清朝ひすい香炉

春怨の王妃がゆめをまのあたり

信貴山縁起絵巻

百獣の戯画おもしろしことに秋

今たのし雉子の玉子草にあり

雉子の雌《め》のぬくめゐたりしこの玉子

愛しけれきぎすの玉子手にとりて

押しとほす俳句嫌ひの青田風

虚子ぎらひかな女嫌ひのひとへ帯

一人寝の水色蚊帳に夢清き

昭和十四年

あせやすきにせむらさきの薺うち

英彦にて覚えし蝶にこと問はむ

宝塚聖天に詣づれば

聖天の鐘が鳴るなりわらびつむ

実を揺りて鈴かけわれにめぐむなり

鈴かけの大樹と成りて芽ぐむなり

春雷のうてば松魚節《かつぶし》折れちまふ

新樹かげ鈴成の実を仰ぎたつ

土濡れて鈴かけめぐむそよ風に

一月振にて帰宅

トマト早や青き実をつけ日当てよく

群れ通る工女盗むな紅苺

なりはひの苺積みのせトラックに

夕月まろし満地の苺熟れみちて

大阪へ積み出す苺摘み急ぎ

鐘涼し松間を一人降りくれば

青梅ちぎる小梯子移し次々に

手とどけど梢のみ梅ぬすむまじ

実梅もぐ径もありて塚涼し

鐘涼し宝の塚に詣づれば

武庫川にて

昼河鹿きゝつゝわたる橋の上
ゆく水をせきとめべしや鮎躍る
ゆるやかにせせらぐ水よ夕河鹿
月見草手にあり散歩月をめで
むしあつき恋も忍ばずひとへ帯

高柳部隊を見送る

夏草を積むトラックは兵たん部
喜べど木の実もおちず鐘涼し
石角に林檎はつしとわがいかり

補遺 II

「ホトトギス　台所雑詠」大正七年一月〜三月

冬木宿肉煮ゆる香のみなぎりぬ

山鳥を料る灯たてゝ棚寒し

下駄はいて厨に働くやみぞるゝ夜

豚肉の調理さまぐ\や雪日々に

雉子料る夫に灯すや凍る息

工場出来て少なくなりし蜆かな

「曲水」　大正七年十一月〜八年十二月

手負ひ蛾の鱗粉まいて猛りけり

実入りたる豆干す盆や秋近し

木ずれ防ぐ瓢の尻の布団かな

馬ばかり留守居す音や夜半の秋

蔓焼くや枯黍畑に二ところ

短日の峰に他山のかげ嶮し

父追慕

枯菊に帰り来まさぬ柩かな

菜の薹の弱々しさに余寒かな

竈燃すや笊に目さむる青柏

兄月蟾渡台の途上陸して立寄る

青ぬたや時計出しつ見つ酌める兄

蝙蝠に天渺渺と澄みにけり

大鉈振ふや夏空透きし一ところ

夫帰省

子等は寝て一人涼める端居かな

伐られたるポプラを惜みて

夏雲を巻き起したる巨樹空し

初めて帰る燕

秋雲に翅きたへる燕かな

夜寒さやもとゆひ白き古畳

我が膝に飛びつく虫も夜寒かな

「枯野」創刊号　大正十年

秋水に鯉透き泳ぐ雨輪かな

「電気と文芸」　大正九年八月〜十年六月

鍋の繭煮えて透き見ゆ蛹かな

梧桐の葉影落ちそめし狭庭哉

若葉陰にふる尾白さよ水辺牛

夏草や放牛尾ふる大河の洲

楊柳の泥葉乾ける旱かな

黒蝶の蚊帳にはりつきて雷雨かな

葛水や上目づかひす母なき子

父三回忌を松本に修し埋骨す

生《あ》れし地に遺骨埋めし野菊かな

松本に病を得て東京に帰る

障子はめて芙蓉見えざる病間かな

菊ほめて柱にかゞむ病婦かな

ぬか星や菊の香湿る松の闇

朝戸繰るや広葉地に敷く柿の枝

珊瑚樹の青き葉そむる時雨かな

からび落ちし葡萄の黄葉に時雨哉

なだれ落つる雪に枝をどる紅葉かな

髪洗ふひまなき看護師走かな

若水くむや手の痕雪にポンプの柄

大年や粉雪たまれる門松《まっ》の心

かな女様を訪ねて三句

ふけうきし捲髪わびし冬女

粧はであへば老け見ゆ冬着かな

苔に埋づめて愛で見る壺や冬ざるゝ

風邪人のインキこぼせる敷布かな

冬籠るや子にすりきれし新畳

御猟地の鴨来て遊ぶ入江かな

若草や五官めざめし病後妻

春月に妖魚のあそぶ湯槽かな

霞む夜の人恋ひうかむ妖魚かな

京の客嵐山語る遅日かな

女の手ひいて僧酔ふ桜かな
煙草やめて母口淋し桜餅
鏡のぞけば花一片や髪の中
老木のうつろ蛇すむ木の芽かな
屋根ひきはがす音悲しさよ花蘇枋
帰る迄の都たのしむ桜かな

ノート「断層」第一期／大正六年〜九年頃

大漁の旗おしたてて雪晴れぬ
ほばしらの漁旗下ろされ吹雪かな

千鳥まふや入江に吹雪く数十艘

海荒れて千どりも舟も入る江かな

雪はれてはためく漁旗のこだまかな

漁旗の色吹雪の中にはためけり

水仙いけてわが宿のしゞまたのしめり

子の笑みも憂ひとくなし冬の雨

河豚よくもくひて生きゐる隣かな

板櫃河畔にすむ門前所見時の句

霜白き船に火焚ける頭巾かな

川の面にしばし降りうく霰かな

急霰の降りうかみたる江面かな

しばらくは江面をたゝく玉霰

急霰の河面うつ音はたとやむ

工場殖えて鴨こぬ江となりにけり

昼は漁舟みち夜は鴨来なくこの入江

鴨なくやすすきの霜に月白し

潮今は鴨をうかめて洲も見えず

纜といて入江の鴨をうたむかな

鴨の江星あきらかに潮に映え

鴨うつや土堤浸《つ》く潮に月明し

洗ひ葱よのまに凍てし流しかな

裏山に羽ばたく雉子や水仙花

松の中の戸はやくしめて町くらし

松たてゝ雑煮祝ふ船の木の香かな

雑煮菜にひきのこして雪にうもれけり

初凪に漁旗の彩々江にみてり

松の内を艪は壁にある静かかな

日和えらみて春まつ船を洗ひをり

雨やんで春めく舟や水夕べ

夜雨しみし土に起き出て大根まく

もや下りて檜原をまよふ蝶々かな
海鳴をきゝつゝ蝶のねむる草
紙雛をねかす子の手やボール箱
東風の漁旗みなうるはしき帆柱に
うつくしや東風にはためく漁旗の彩
強東風に彩賑はしや大漁旗
秋山をぬきんず松に雲去来
ひやゝかの夜々をやせゆく子猫かな
呼べどさらに子猫親しまず夜寒かな
干すものの藍色澄めり色草に

雁なくや櫨紅に海青し
大霧に海の沈黙《しじま》やなる汽笛
雁なくや大江みちて雲迅し
雁のゆくへ定かにあるや嶺はるゝ
実おとさぬ公孫樹うとみつ歩み去り
いてふわれに親しみうすくそびえたり
河床の石ふむ足やひやゝかに
水荻《おぎ》にすむ鳥しかと見とどけぬ
とくさ刈る鎌ひやゝかに研ぎにけり
杭みな鳥のせゐて柿赤し

遠浅の石ひやゝかに透き見ゆる
潮に浮いて縄張る舟や柿の木に
秋あつし木をふきおちて地這ふ虫
樹の葉くふ虫殲滅す秋涼し
野分あとの夕焼凄し花畠
えぞ菊の紅紫相うつ風雨かな
野分あとまひすむ鳶に夕映えぬ
菜の心に夜寒の蜂のひそみゐし
救助呼ぶ汽《ふ》笛《え》近くきこえ霧の海
霧の海救助呼ぶ汽《ふ》笛《え》なりやまず

鶏頭畠にとなりて借りし十坪かな

探す子に杞憂こも〲すゝき原

月潮の去れば霧みつ河原かな

月いつかあけゐし濱の群鴉かな

戸一枚夫にあけおき月見かな

鳥はねぐらに子等は母許《が》り秋のくれ

夫に子に心こまかや茸料り

子らを慰す夕げこま〲秋のくれ

大根まく夫に皆ゐて月明し

海峡の潮高なりや秋はるゝ

岩くぼにひきのこされしなまこかな
峡は吹雪なまこは樋に凍てにけり
海神奉詞みにくゝ生れしなまこかな
凍てなまこかたくやせたる厨灯かな
から風の市場に凍てしなまこかな

板櫃川所見

江に入りて春まつ船を洗ひをり

次女四つの光子いつ迄も乳をすうてゐた

乳やむる約束に買ふ手まりかな
乳やめて手まりつく子となりにけり

落葉してすでに春まつ芽ありけり
漁舟江にみちて春まつ火をたけり
舟底の貝殻をやく大焚火
ぬるむ水に入りて舳を洗ひをり
おごのりを採る子らに日は夕昃り
かかり舟に河江かわきおご採る子
おごのり採る子去り河原の夕寒し
潮遠く去りて河原のおご茶色
潮去ればおごあらはなり河狭く
花大根に月の出おそし送らるゝ

熱とれし子に暁の蚊帳青し
鮎釣をのせて蔦まく巨巌かな
利鎌の浸けある谿にたでの花
竹林に何搔く鶏ぞ青嵐

松名の家

山塞めいて門大いなり松の月
蟬時雨峠路下りる杉の中
峰の旭に小豆干しあるむしろかな
国境の峰あゆむなり百舌高音
秋風にたばねて淋し裸桑

萩の枝うごかし歩むあひるかな

あはの穂に炊煙のぼる村なりし

荷馬よぶや野の一角に柿の町

秋ばれの原めぐる町荷馬の音

山ひだをこくえぐりたる秋夕日

霧の底に灯す町や雁渡る

絵皿ひたす谷ひやゝかにせゝらげり

わが山の柿土間に積む叺《かます》かな

柿むいてむしろに皮やおびたたし

柿むきつ夜話賑はしきろばたかな

帽けむり厨をこめぬ兎汁
爐ほとりにゐねむる婢らや遠なだれ
から鮭に粉雪すをとぢにけり
馬の背にから鮭運ぶ村なりし
掃きよせし土に冬蜂力なく
子を叱る心けはしや葱むしる
この師走はじめて膳を買ひ得たり
膳買うてはじめてうれし年越す夜
初ごよみ一つは子らのへやにかな
一人ゐていろはかるたをとる子かな

絵《え》様《やう》見て子のそらんずるかるたかな
屠蘇少しなめて色よきわが頬かな
湖上打つて高く舞ひたつ初がらす
馴鹿の氷湖を馳せて夜あけゝり
白狐まづ氷をわたる未明かな
大釜に甘茶の匂ひたぎりけり
かたかごの花とも知らず大原道
ふし拝む寝釈迦の像のほのぐらく
たそがるゝ障子の奥や花み堂
青竹の杓小さゝよ甘茶くむ

打そよぐ花房青し大槐
宝殿のしび打はれぬ夏木立
家出妻野菊つみゐて夕帰宅
はたときゆ一峰のかげや秋の山
茎もつて土をふるへば芋現れし
芋土を出でゝ美しこの緋色
ほりたての芋を貫ひぬ一と袋
すゝきむら寝に入る雀見たりけり
夜風誘へばいてふはてなく散り敷けり
吊りかへて客に夜寒の灯くらし

蟷螂の骸を見いでし落葉かな
聖書くれし人に無沙汰や枯るる菊
山火事を見に出る畠も夕明り
野菜屑すてに出て見る星凍てし
京の宿にこもりて雪にかたり飽く
兎糞ほどの賞与もらひし教師妻
料理して河豚おそれくふ夫婦かな
ふぐときいて怖るゝ椀の汁さめし
菊畠に粉雪ちらつく暮雲かな
木枯はすさめど親子燈の下に

葱ぬくやわれを探す子にいらへつゝ
雀みな石になりたる枯野かな
軒すゞめ落葉の如く舞ひ散んぬ
己れを怖れて群雀たつや枯れすゝき
みめよきがまづ嫁入りぬ針供養
おはり子の次々嫁ぎ針くやう
冬菜またまびくべきほど太りける
白くちゞれて玉まきそめし冬菜かな
風邪に臥して時雨るゝ樹々を聴きにけり
木々の芽に炊煙青くみなぎれり

はこべらを摺りてさ青き小摺鉢
鳥かごにふせある青きはこべかな
魚屑に日永の海の藻ゆれかな
深山出てすぐにとられし蝶々かな
河逆る魚の背涼し夏の月
我目より紅奪ひ去るダリア畠
秋耕に日は金色の雲低く
よべなきしかまどの虫も死にゝけん
霧の中いてふちる音つゞきけり
丘の家みな海むくやはぜ紅葉

松かげの潮冷やゝかに鳴れりけり
葱移植せはしき人に鳥渡る
房の如き実梢にのこる櫨なりき
蓮かれて雁来る池となりにけり
南氷の捕鯨船より無電来る
湖畔樹の紫影を吸へる氷湖かな
危機すでに流氷去りし右舷かな
寒雲にまぎれぬ鳶の大き輪よ
海は氷り港は弦歌さびれたり
句友今宵ポプラ落葉をふみ来ませ

時雨人みな門前をよらですぐ

落葉ふんで夜ふかく去りし友思ふ

春近し水車借りつく餅の米

狐火や連におくれて藪長し

己が冬菜ぬくを惜しみて眺めけり

潮去りし石にむすびて纜凍てし

松の内旗亭の小火《ぼや》にさわぎけり

松の内馬もよきくらおきにけり

峡は雪にうもれて淋し松の内

初夢を秘めて語らぬ朝げかな

わが心臓の血の紅さ知る椿かな
花畠にいつ迄紅きダリアかな
ダリア畠の紅奪ひ去る買手かな
野にいたる蓼の深溝とび越えん
旭をあびて降るつゆしぐれ今年竹
コスモスに親しみ縫うてホ句がたり
葉げいとにホ句かたる夜のたのしかり
我胸にもゆ霊火あり秋の雨
草の花昨日の野路を思ふかな
我が宿の菊の香垣をあふれけり

野にいでて子らとわりごや秋の晴
子をつれて野につむ小花秋ばるゝ
秋雨に父なつかしみ待つ子らよ
甘くにて夫も芋をばこのみけり
病後の子芋の如くに肥えにけり
家にゐて子叱る夫や秋の雨
臥せうゐし葱まだたゝずつゆしぐれ
黍がらをやく煙青し花畠
冬瓜も黍もひかれて畠ひろし
馬訪へば鼻すりよせぬ秋の雨

馬ひとりるすもる音よ秋の雨
畠ならす馬に降り出ぬ夜半の秋
馬も寝で床蹴る音や秋の雨
日に透けて聯珠美しつるし柿
峰晴れて柿赤く透く蔵の軒
芋畠の月夜を歩む己が影
月てりてうね整然と大根の芽
巨いなる岩に月光羊歯を印す
杉間流るる霧に月光ありにけり
月光をあびて横がほ美しく

しろがねの月のポプラの葉擦れかな
青苔に見いでてうれし茸一つ
苔土をむつくりもたげ大き茸
青苔をもたげる笠は茸の香
壁に来てひげふる虫も夜長かな
野菊つむや灯りし電車また過ぎし
わがゆくをまつ病人よ秋の雨
八方に鳴り出し汽笛露の花圃
いてふちる狭霧の音の二ところ
たばね干す紅たうがらし板庇

灯一つに集ひてよめば夜寒かな

笊小く色づく柚子をもぎ入れし

窓とぢて盲目《めしひ》の如く冬木宿

門入るや落葉並木の奥に家

飛び出して父迎ふ子ら落葉道

夫に子に落葉焚かなん並木道

登校の子とゆく夫や道おちば

落葉道父とゆく子らを見送れり

落葉して俄かに明し厨窓

菜の心にたまりて白し玉霰

冬木立星座王冠をちりばめて

狐火にむづかりやめて父と寝し

狐火に幼くおぢし厠かな

葱ばたは吹雪となりぬ鴨料理る

河豚料理る皿の藍絵に透けて美し

橋梁の牡蠣叩き採る音寒し

喰積に風呂敷かけてねたりけり

河豚くはず覇気なき夫を疎みけり

わが慈愛子を寒風に鍛《きた》へけり

まださびぬ別府土産の供養針

枯木なほ樹頭に堪ゆる一葉かな

厨障子に吹きあふつ畠の吹雪かな

茎桶をのけたる石に玉霰

年ゆくにつけても父を思ふかな

師走人に交りてわれも歩みけり

冬のよの怒りさむれば淋しき灯

なみだするわが頬うて〳〵冬の雨

寒燈やまことに泣けて亡父のゆめ

各がじし喜ぶものを歳暮にと

さいぼあたへて喜ぶ子らに見入りけり

盆に丸きかんびんの輪よ年賀客

膳について子ら賑々し福寿草

膳につきし子らに年玉あたへけり

餅やくを番する子らに初がらす

手袋の左手ばかりのこるかな

宿直の灯硝子に透けて枯木立

昌子九つ光子四つ久女三十

子らの足袋つゞりくれたる一日かな

山藤の杉まき枯らす断たんかな

旅よそひとかず見めぐる冬菜かな

旅戻り雑事つもれる師走かな
大根ぬくやら落葉かくやらいと忙し
大根つくり泥そむ指をさびしめり
葱洗ふ指輪忘れぬ厨棚
夜寒灯にひげ長々と黙す虫
体弱の子に初冬のうすぎかな
寒風にのこる葉赤くふるへをり
肩つめて母をいたはる布団かな
大歳の夜を冴ゆ星やごみ捨つる
父の字の賀状を見ざる今年かな

松小くたてゝ籠るや父の忌に
七草もはやさで父の忌日かな
厨にゐて年賀の客をしらざりし
ねずみ来て餅ひく音としれど読む
春衣かけて紅紫はなやぐ灯かげかな
子等の春着木履《ぼくり》もそへて枕べに
春着きせて出しやりたる姉妹かな
春着きせて人形の如き色白子
高木履よごして帰る年賀かな
家の中に子らが羽子つくしいまいきかな

鞠ついてよごせし子らが木履かな

羽根ついて振はなやかにこぼれけり

雛の如くよそほひて子ら招かれし

春風にのぼりてかろししやぼん玉

煤の都を出でて遊ぶや菜の花に

これは二十数年前の久女の句と生活境

船底に敷かれて悲しもゆる草

目下の句境と精神肉体の現実生活

もゆる草に朽舟除ぞけ日当れる

大正九年〜昭和初期

教へ子楠目成照を偲んで

今日なりし忌日かゝさぬ若葉雨

原田浜人「杉田久女追悼」より

梨の木は殊に朧や歩み寄る

橋本多佳子「久女のこと」より

如月や通ひなれたる小松道

「藁筆」昭和二年三月

「博多の冬」九句

くしきのままに散歩や小春風
病閑やかたかけまとひ散歩人
御手洗の水のむ鳩よ銀杏ちる
散歩してもどれば暮れぬ菊の宿
冬雨や御手植松の玉雫
宮近き二階間借りや冬木晴れ
むきあへる月の二階や寝しづまり

娘もつ宮司が家よりゐのこ餅
山茶花のうす紅つけよゐのこ餅

「天の川」昭和三年二月

早鞆の風をさまりし暖炉かな

「玉藻」昭和五年十二月

石垣をしみ出る水や茗荷掘り
彦山の月を見上げて軒涼み
軒につる瓢のしみや秋の雨

ノート「断層」第二期／昭和三年〜五年頃

京の娘のたよりありけり梅雨の宿

毬雫いよ〳〵滋し濃あぢさゐ

都より帰省の行季届きけり

夏服の姉妹揃うて出かけゝり

楽々とのべし手足や蚊帳の月

夏服の背高き吾娘戻り来し

夏服のよく似合ふ子の散歩かな

夏服の腕あらはに愛少女

夏服にかひなあらはのよき娘かな

帰省子やいや〳〵ながら厨事

帰省して姉妹喧嘩も賑かに

夏服をまたきかへたる愛娘

帰省子に唐黍をやく強火かな

帰省子に背戸のたうきびまだもげず

故里へ旅立つ夫の夏帽子

山村へ帰省の夫の靴白し

山村へ展墓の夫や旅だてり

草の戸や灯に一むらの青すゝき

月見るともたれてしばし橋涼み

月の面に涼しき槐ゆれ交し

水打って流るゝ月の光かな

ごそ〳〵と草をはひでぬ蟇夕べ

晴天の風うちそよぐ花槐

金亀子灯にうづまいて畳かげ

こがね虫灯にぶつかりてはたと落つ

向日葵のしべの黒さよこるり空

新柚子の匂ひほのかに冷奴

干烏賊に蠅くろ〴〵と午下り

下関春帆楼にて二句

藤扇関の名妓の娘とか

晩涼や門司の灯うるむ高殿に

ふりいでし雨輪小さし田植笠

風ごとにこぼるゝ雨や花槐

風のむきかはりて晴れぬ花槐

苺つみしばくあぜを乗りこえて

おくれきて籠にもみたぬ苺かな

起きいでゝ草にかゞめばつゆ涼し

籠りゐの簾動かし黍の風

草むらに咲いてつゆけし花ひさご
洗ひほす紫蘇一れんや太雫
まき上げし夕げの小簾や花ひさご
茂る草ひきちぎれたる根づよさよ

櫓山にて

荒海を見下ろす榻や葛の花
つゆ涼し垣にいろ〳〵の青ふくべ
うちかゞみ垣のひさごを数へたる
やたらのぶ瓢のつるをとめにけり
草の戸にちゝくばられぬ濃朝顔

北斎の狸はげゐる爐べりかな
山火事の黄色きけむりこめにけり
毛せんにちらばる銭や灌仏会
灌仏の忽ちかはく盥かな

「数の子」昭和六年四月

汐干潟見ゆる二階に移り来し

「花衣」掲載句中、句集未収録作品
昭和七年　創刊号～五号

浦の名にのこる内裏や柳ちる

好晴や草の戸を出て若菜つみ

丘凪に歩むも久し若菜摘み

藁塚に凭れば風なし若菜つみ

メフィストを斥けよむや秋灯

我が居間や寒菊さして客まうけ

一月十七日広寿禅寺初句会

林泉にあそぶも久し石蕗かるゝ

飛石に佇ちて仰ぐや簷の梅

此の丘の激しき北風に訪はれけり

松のひま雪嶺見えて庭めぐり

移り来て早や一とせや菊萌ゆる

草萌の丘に佇み思ふこと

春光や縁につくばふ身のいとま

東風寒や草に佇つ影消えもして

万葉の池にかゞみて嫁菜《うはぎ》つみ

芹すゝぐ企救の娘子《いらつこ》池の端に

庵とぢてきのふもけふも桜狩

桜かげ佇ち見る能は熊野とかや

雪灯の桜花祭は今宵より

うらゝかや手にさげ歩むみくじ鳩

堂にみつ法鼓は尊と仏生会
春もはや淡墨桜みどりがち
君と居て盧橘《タチバナ》かをる雨やどり
折らんとす盧橘の雨をあびにけり
つぎ添ふる火桶なつかし花柚雨
昼つどふ倶楽部しづかや桜餅
子有る身のこゝろ強さよ菊の秋
まれびとと洗ひまつまの和布《め》刈《かり》茶屋
桔梗もたふれしまゝや園荒るゝ
紫陽花や夫人をしのぶ庭めぐり

なでしこや去年の水辺をとめ来れば
むれ伏してなでしこ淡し園の径
み簾ごしになでしこそよぐ閑居かな
即身に涼しき月の衣《そ》通《とほ》れる
疑鬼おつる夜の茅の輪をくゞるわれ
句帳手に菱咲きとづる古江ぞひ
蓮華ちる極楽風に佇めり
降りやまぬ背山の雲や枇杷ちぎり
薫風や巨船よぎる崖床几
よりそうて葛の雨きく砂日傘

縫ひ上げて菊の枕のかをるなり

「ホトトギス」　昭和九年五月　巻頭句より

雪颪す帆柱《ほばしら》山冥し官舎訪ふ

「木犀」　昭和八年十月

夜光虫よせては返す波のまゝ

夜光虫打ち上げし藻に光るあり

「白菊句会報」　昭和十年六月〜十一年三月

主婦涼し珠をつづれる首かざり
欄《おばしま》にこちみる人や月見草
雑草の花も色々雨の玉
句によれば雨も亦よし栗の花
御手植の松に塵なし初詣
勅額を仰ぐも久し破魔矢うく
炭《すみ》斗《とり》も幅も達磨でおもしろし
日あたりて春めく庭のけしき哉
春めきて達磨ばかりの部屋の中
耳うとき主の翁炭をつぐ

和菓子店「福田屋」色紙　昭和九年頃

南山や鶴の巣ごもるよき日和

「無花果」昭和十一年二月～十二年三月

投扇の的近くまでとどきけり
投扇の色はなやぎて重れり
鈴なりて投扇颯とたちにけり
投扇のさつと舞ひたてばわかなとぞ
投扇に笑ひ興じて灯れり

水仙の雪にまぎれて咲きにけり
虚子たのし花の巴里へ膝栗毛

「文藝春秋」　昭和十三年十一月

投げつけし林檎のくだけ五月蠅《さばへ》なす

英彦山研究所にて　七句中一句

ノート「断想」
第三期／昭和十三年頃〜十六年

貰ひたる籠の蛤ちゆつと啼く
大いなる蛤くつて病快し

蛤の蒼海を生むゆめ見たり
立ち居涼し賢き母を侮べつすな
満天に星をちりばめ縁涼み
葉風鳴る涼しき星のまたゝけば
星屑のまたたく風に涼みけり
雨後の日に花いき〳〵と夏の花圃
明日あたりもぐべきトマト紅く熟れ
熟れトマト見つゝ筆とる書斎かな
冷しくふトマトあたらし舌にとけ
うすべにの肌冷めたさよ熟れトマト

たづね来よバラ咲きたるゝ此垣根

紅ばらのたわゝに優し雨にぬれ

咲き重なりてバラの花垣雨にあせず

ままごとの少女はたのし蓼をつむ

黄金の雨がふるなり花トマト

夏花も淋しからざる花瓶かな

メロンくふ心ゆたかに夜の椅子

わら敷いてトマトの保温夕かげり

茄子の葉にとまりてあはれせみのから

この慈雨に葉かげの葡萄太りつゝ

臥しながら眺むる菊の賑かに
瓶の菊色さまぐ〳〵の影こゆく
りんだうを折りもてゆけば笹ふかみ

十四年秋大里の山腹に遊ぶ

草枯れてたゞ一茎の濃龍胆
ふみわくる枯くさぬくし濃りんだう
柿赤し一枝ほしと買つて下げ
野菊さく水辺に子等の遊びゐし
まゝごとの子らよつき来《く》な草紅葉
故里の稲はたしかにみのり垂れ

わが領ず稲ほは道にみのりたれ
ひろぐと新《にい》墾《ばり》道《みち》も稲の秋
秋雨に軍馬も草をはみこぼし

昭和十四年十一月作

この道を行く人多し秋のくれ
大路ゆく人賑かに秋のくれ
家しめて市場かよひの秋のくれ
全身に入日輝く秋のくれ
現身に金色映れる秋日かな
秋の日の金色映ゆる舗道かな

水仙の花に気圧されむらがる葉

憂ひ見る水仙凜と葉をしのぐ

わが投げし銀貨のひゞき慈善鍋

笑みかくる市長夫人や慈善なべ

寒菊に椅子もち出して日あびけり

神武帝御東遷の句　昭和十五年作　九句

料りくふ大まゆ玉の座について

二千六百年の天関ひらけ初日の出

餅つくま待たせずみ舟いでましぬ

畏きかな舳艫を統べて春潮に

苑《う》狭《さ》津《つ》媛《ひめ》　天皇御饗宴

春燈華か御酒奉る手の震へ
み執《と》らしの弓金《きん》鵄《し》輝き賊萎えぬ
東武下り西夷平ぎぬみ代の春
皇化洽し埴《はに》安《やす》の池ぬるみそむ
うら丶かに群臣あふぐ勅《みことのり》
櫨の実はおちず日本の久女われ
まだ生えぬ球根の芽よいかにせし
パンジーをつみあつめたる誕生日

十五年五月一日作　横浜植木からとる

鈴蘭の鈴咲きそろひ姫のごと

鈴らんの鉢をとり入れ卓の上

鈴らんを見てゐる椅子の母娘かな

鈴らんや心ゆたかに夜のほどろ

鈴蘭に夜も八時まで怠けざる

熟れそめし軒端の枇杷を塀ごしに

珍らしく慈雨が降るなり枇杷貰ふ

枇杷をくふ心貧苦にそまざりき

垣ばらをほめゐる少女花ほしと

ばら垣のたわゝに白し夕明り
照りわたる月ほの白しばら垣根
ばら垣をとひくる客のあれかしな
かきばらのたわゝに髪にふれてやさし
吉報《よきこと》のあるらしきかなばらつまむ
紅ばらの花つみあつめ送りたる
仕合せなばらの垣根に子よすまむ
木戸しめに出て垣ばらの月に匂ふ
汲む水の絶えぬこの井戸濃あぢさゐ
うす紅のカーネーションは処女のごと

ふくらみし蕾は深紅カーネーション
椰子のみの土産貰ひぬ花の壺
椰子の実をふれば熱帯の海の音
口出すなこの花菖蒲わが所有
五月たのしわれを生みたる母の恩
掃きうつるばらの花屑地にしけり
二三日よき雨つゞき花トマト
肥きいて雨にもおちず花トマト
帰りきて窓をあくれば麦ぼこり
夕かたに再《ま》たふく縁の麦埃

蚊帳つりて籾する埃畠から
霧雨になつめ花さく故郷かな
きりん草をりとる子らを叱りけり
メロンくふ心東都の子らに在り

広寿山十七句

山寺の芝生の井戸や水馬
山の井をくめば歯朶影みだれけり
盤石にわきすむ水よみづすまし
山寺の井を汲みあげぬ水馬
さるすべり流るゝ水にこぼれたり

水門にすはるゝ水や菱の花
黄なる葉のしづかに降りぬ岩清水
沈みゐる何の青葉ぞ苔清水
沈みゐる朽葉全し石清水
峡谷を歩み辿りぬせみしぐれ
湛へゐる岩まの水に水すまし
手に掬ふ色なきえびよ苔清水
六月の落葉にうもれ石畳
うきくさや樹海の中のこもり沼
すいつちよのはじめてなくよ垣ほとり

門前に集へる車馬や灌佛会

頭上からそゝぎまゐらす甘茶かな

カーネーションの弁財天は久女かな

皇紀二千六百年あつめし菊のいろ〳〵に

垣外に背高き黄花秋ばるゝ

垣外にさいて賑はし秋の花

秋ばれや塀の内外の黄金花

何色とまだわからずよ菊つぼみ

神前の三鷹輝く秋日和

宝塚の八十七の母（昨年十五年）

実おもとを賜りしよりわれ長寿
わが里の母系は長寿おもとの実
賜りしおもと二株みをもちて

昌子から

東京の菊を集めて送り来し
海峡をこえて菊苗とどきけり
良縁もありて賑はし菊の花
いろ〳〵の菊を集めて名づけたる
唐辛子みなまつ青な露をぽとり

唐辛子ぐん〱ふとる強さかな

青天にはぜて美しざくろの歯

紅白のコスモス乱れ咲きつゞく

一茎の白たんぽぽに秋ぬくし

黄熟す柚子もぎみてりあらむしろ

柚子の葉の青々として柚みそ焦げず

故里にある柚子の木はなほありや

柚子もいで柚みそやくなる大き炉辺

故さとの山見ぬ久し柚みそする

鮎うるかつくりし事も二十年前

枝柿もありて一箱貰ひけり
旅の子に虫なき栗をえり送る
栗おくる旅寝の子らよさきくあれ
そこゝにむれて明るし油菊
しきわらに伏し咲く小菊の土つかず
干柿に雨の庇の浅きかな
樫のみの一枝折りもち吾子帰宅
木戸をしめてしかと錠しぬ菊の晴
一つづつつつみてうれる柿赤し
故里の色こき栗を送り来し

信州にて秋ひがん（数年前）

菊買うて彼岸の父の墓まうで
東京に来てすこやかにけふの月
句会にも出ず東京の月今宵
二階にも月見る人の微吟かな
庭へ出て澄みゆく月をめでにけり
月の友はるぐとへば留守といふ
さらくと稲の穂ずれもよき天気
秋すでに紅葉づる山も時雨さび
引よせて採る寒菊の岸づたひ

寒菊を手につみゆけば日ぬくし

幼時琉球所見

金はぶにうたれて枯れし芭蕉かな

まつ青なトマトみのれり寒にはか

北風をさけてトマトの花小し

福岡公会堂

忘れめや日本一の大ざぼん

八方へ枝垂れてざぼんかずしれず

晴天にざぼん大きく熟れみてり

相うてる東風のざぼんの雫かな

ざぼんもぐ高き梯子にのぼりけり

南国のざぼんかげこき芝生かな

あしの矢も破魔矢もうけずへろへろ矢

十五年二月四日兄死去　宝塚へ主人と同道　四句

冬の灯の消ゆるが如く兄逝けり

葬送の傘にも冷雨雪交り

蠟梅のひらくを待たで兄ゆけり

地下鉄を出て大阪の春の雪

一とむらの寒菊の芽を根分かな

風かろし雛菊少し首まげて

光子へもつみてひな菊送りけり

窓かけを垂れてパンジー瓶に濃く

集めつむ姫パンジーは愛らしく

鈴かけの鈴を賜り神の領

鈴かけの花咲き垂りぬ若葉かげ

青東風に鈴かけの鈴ふとりつゝ

桜さく国を舟出す一家族

美しき桜の色を吸ひ足りぬ

花少し散つて風ある木末《こぬれ》かな

パンジーのびろどの如き黒もあり

咲きふえて三色菫色こゆく

土こえて花圃美しき五月かな

雑草をくはぎりすてぬ雨後うらゝ

暖かや名もなき草をこぎすてゝ

春の土名のある花のみ美しく

草つむや旅にある子ら幸あれと

草つむや戻れば吾子は絵筆とる

草つむや老いますます母を思ひつゝ

新月に鈴かけ房を垂りそめぬ

石菖の苑の径を争はず

おだやかな雨を吸ひとり夏の花圃
ひな芥子の深紅ゆらめき紙のごと
断らぬ人快しバラ貰ふ
訪れてかきねのバラを貰ひけり
ある家のバラの花垣低く垂れ
ある宿の垣ねの黄ばらつみて去る
美しきばらの花垣雨に散り
門内の玉砂利ひろし花芭蕉
芭蕉葉を流るゝつゆの青さかな

十五年秋はじめて菊作り

日をあびて紅美しき菊のかほ
良友とよばれし菊は面白き
豆菊の黄金の雲といふもあり
大菊のビナスは白く汚れなき
むれ咲いて友染菊のかげこゆく
悠久となづけし菊のうるはしく
気に入りし菊を貰ひぬ菊畠
菊を観て帰れば家の菊やさし

十六年春平尾台吟行

高原や草平らかに春の花
少年を従へ下りぬ春の径
高原のゆるき起伏や翁草
高原のわらびつむ人小く疎ら
その道にわらびもありぬ翁草
愛らしくわかき花なり翁ぐさ
摘み採りし花手にみちぬ春の山
高原に摘みしは春のこるり花
里の女のわらびを買うて下りにけり

高原にのぼりてたのし青きふむ
愛らしきるりの花むれ岩遅日
高原の空はるるりなり春の径
すみれ束ひたすり谷あり下り径
花つんで高原の日をあび歩む
わらびつんで下りくる娘らに出あひけり
かぎかけて許さぬ扉春の花圃
美しき女とよばれ藍ゆかた
夏帯の小くかろしまだ老いず
なり花をおとさず実のれ花かぼちゃ

十六年作　五月十八日　朝庭を歩きつゝ　三句

曳船の動かぬ如し夏霞

朝凪の船瀬戸にみち葛嵐

朝凪の帆ばしら動く葛の庭

ひまはりに海こく見ゆれ午後の庭

十六年　宝塚の母本年八十八

賜りし扇なつかし母米寿

作りたる扇百本わけたまふ

送り来し米寿の扇たゞましろ

うつしゑのいとも老いまし寿の扇子

母になほいのる長寿や菊植ゐる

母優しこの菊苗を賜りて

賜りし米寿扇とぞ句をしるす

捺印の天長地久とぞ米寿扇

十六年六月　宝塚の豊成園にて

成熟すパインアップルのよき匂ひ

ばら深紅雨の温室《むろ》の扉を香りあふれ

鮎ずしを買うて湯町をぶらぶらと

鮎ずしのまだ小さきよ母に土産《つと》

遊行の裾も袂も梅雨じめり

傘さして梅雨の湯町を通りけり

対岸や歌劇の窓の蔦あをく

菊つくる心ゆたかにわれ老いず

長女三十次女二十五　久女まだ老いず　昭和十六年

俗塵をあびざる菊の一構へ

「久女作品集」昭和十五年春　菊丘にて
進呈　石一郎・昌子様

十四年五月東京にて

寿司うまし愛する子らと別るゝ夜

丸ビルを歩み離れて日あたゝか

ばらの香に愛する子らとあるこころ

昌子より桜草を送り来る

東京の土を根につけ桜草
すこやかに届きし苗の莟むなり
姉の雛妹の雛と賑かに
すこやかにそだちし子らの雛祭り
風かろし縁の春光おだやかに
古里の小庭のすみれ吾子よ見よ
自らの旧家は絶えず藤の花

大里にて

一茎の濃りんだうあり枯草に

昌子の家にて

垣外にあふれ咲く菊日あたれり

水そゝぐ長命菊に日当れる

雑草の茂るにまかせ早稲不作

怒濤の如くたほれ伏す稲よきみのり

菊つくる心ゆたかにありにけり

「松名滞在の句」

昭和十七年八月二十一日〜九月十二日

義父杉田和夫逝去による松名滞在の句

久かたの帰省に樹木うつさうと

家ひろく青柿そだつ帰郷かな

こゝに来てあつさも忘れ青楓

若楓簷に枝だるゝ茶室あり

あさがほを釣花活にころぶしぬ

鯉のせのうき出て涼し筧口

腹返す鯉大きけれ水は秋

葛をいけ茄子をとりて気のゆとり

門坂の樋にもつけあるをみなへし

籠につむうるし光りの秋茄子
新涼の東蔵より香ろ台
西蔵の膳椀しらべ柿そだつ
文台にのせある本は秋の花
新涼にもみぢしそめしさんしよの実
うら門のさんしよ大きく実をあまた
秋涼し朝々かふる壺の花

随筆

病院の秋

柏木《かしわぎ》のかな女様の御宅で草合せをお催しになった翌日、せん女様とかな女様と、お二人が私の病床を見舞って下さった。その日は秋らしいしんみりした雨の日で庭の芙蓉《ふよう》も、赤い柿の実もぬれていた。

「もっとやつれていらっしゃるかと思ったら大層お元気ですこと」とかな女様が嬉《うれ》しそうにお言いになった。私もせん女さまとかな女様とをお元気と思った。性格も境遇も、生い立ちも著しく相違した三人の病をもった女性は静かに語っていた。お二人がこの雨の中をわざわざおたずね下さったのは、昨日東京の婦人俳句会の俳人がたが、こころをこめておもちよりになった秋草の色々を、私の病床へおもちより下さるためであった。紅紫さまざまの秋の野の草が、赤、青美しい色彩をしている中に、瑠璃《るり》色の輝いた竜胆《りんどう》の花は、私に秋の山路を偲《しの》ばせた。偶然にも、昨日の草合せで、かな女せん女様のお二方が、おなじ竜胆をお出しになったという事を、この花の大好きな私は興味ぶかくうかがった。

久し振りに美しい花を眺め、御病気以来、十月ぶりで外出なさったというかな女様を、四年ぶりで拝し、須磨《すま》の山荘ではじめておめにかかって、何もかも打ちとけてお物語りをしたそのせん女様にまたお目にかかってすっかり昂奮《こうふん》した私は、お二人の帰られた後は、にわかに気が沈んで淋《さび》しかった。

秋草に日日水さして枕上み

それから五日ばかりして入院した私は、上林まさ女様が以前這入《はい》っていらしたという室へ偶然にも入れられて、俳人河骨氏からお医者様として御懇切をうけた。入院については、零余子《れいよし》、かな女お二方様に色々と御心配にあずかった。

十五日ばかり仰臥《ぎょうが》したまま頭の上らなかった間の私は、ただ白い壁ばかり眺めていた。その壁には短冊だの句稿だの、文章、南洋の写真、水彩画色んなものが、ピンではりつけてあった。恒友《つねとも》氏から贈られた絵もあった。山荘へお帰りになったせん女様からの絵ハガキ（秋の野口室）も、かな女様からの絵ハガキ（俳人松野自得氏の柿の絵）も、それから熊本の汀女《ていじょ》さまの江津《えつ》川の美しい風光もはられてあった。野菊の鉢が私の枕辺におかれてあった。

病める手の爪美しや秋海棠

蟋蟀も来鳴かで黙す四壁かな

入院中特に私の嬉しかったのは、虚子先生から、二葉の御短冊を下さった事でした。その一葉のこいい青磁色の方のへは、御ていねいなお見舞の御言葉を、うす紅の色の方のへは先生の御近作

　芭蕉月をかくして暗き縁に在り

をお認《したた》めになってあった。私はこの短冊が壁にはられる時には、（丁度この日あたりからベッドの上に坐《すわ》るのをゆるされたのであった）思わずも壁を正めんに起き上って、先生の温顔を思いうかべるのでした。

　八月以来病みつづけ、殊に入院以来壁ばかり見つめていた私は、お見舞に頂くぶどうだの、柿、林檎《りんご》、膳《ぜん》につける松茸《まつたけ》、つまみ菜、ふじ豆、柚子《ゆず》などという土を思わせるものや、秋という事を感じさせるものが何よりもうれしかった。

　野菊やや飽きて真紅の花恋へり

　室生犀星《さいせい》氏から、葉げいとの詩を下さった。それから越中の山里の栗をも下さった。それは艶々《つやつや》してほんとにうつくしい。小粒な栗で、山家の板廂《いたびさし》にかっちんかっちんと礫《つぶて》の様に、はぜては落ちる栗の音を、私に思わせるのであった。私はこの未知の詩人「美しい氷河」の作者からいただいた栗を看護婦にも誰にもやらず、二日ばかりかかって、一粒も残さず楽しみつつ皆いただいた。

　隔日にする注射のためか私の黒髪がぬけそめた。私は何よりも悲しかった。私の足はがさがさに荒れて羽根布団によくひっかかったりした。毎夜、ねむり薬をのまなければ、ねむりにつかれなくなった。

かくて私は入院以来二十五日めに、柿の家へ帰ってくる事が出来た。

帰り見れば芙蓉ちりつきし給哉
髪まいてつかれし腕や秋袷

（大正九年十月十八日　病床にて認む）

夜あけ前に書きし手紙

虚子先生

只今午前の三時でございます。腹痛がして目が冴《さ》えて眠れず、廁《かわや》へ起ようとして雨戸をあけますと、狭い庭土へ、ひるのように明るい月光が屋根かげをそれて、四角く落ちてます。

私は、一たん臥床へ入りましたが、また起き出して、畠窓をあけますと、月をあびているコスモスの窓近い一塊りに灯色が流れます。私は暫《しばら》くそこに立ちつくして虫のねをきいてましたが、とうとう堪《たま》らなくなって、うらの扉をあけて、花畠の中へはいってゆきました。

てりつづいた大地に、月光が白々とてってます。

風のない夜で、地に咲き伏したコスモスの影が静かに静かに大地にうつってます。すきすきになった、ポプラ並木の葉ごしに青い巨《おお》きいうるみを持った星を仰ぎつつ、私は黒い影をひいていつ迄もじっと佇《た》ってました。畠のむこうの家あたりから、厩《うまや》の板をけるのらしい馬の音がきこえて来ます。

体がすっかりひえて、またしくしくと腹痛を覚え出しましたので、家へはいろうとしてコスモスの中の径にふみ入りますと、私の体でおされた花と花とがおしあって、大地の黒い影が、静かに、次々とゆれうつってゆきます。群れ咲いているコスモスの上に、私は漆黒の影を印しつつやがてそこを通りぬける。

水のような大空には、大きい白雲が、流れてます。ふと、コスモスの大地の影が、私の影が消えて、そこらが急にうすくらくなる。

仰いで見ますと、今、月は大きな雲の中へ歩み入ったところでございます。その白い雲は白金色のささべりでへりとられ、丁度、アワビ貝の中を見るような青白い透った光りをあびてました。そしてその雲の中に、古鏡のような青白いすこしいびつの月が、大きな暈《かさ》のふちをやはり白金の輝いた輪光でくぎられた、静々とあゆみをうつす。やがて月が雲の中をとおりぬけると、またコスモスはうき上ったように明るくなり、葉げいとの赤いしかし冷い色も、黄色い斑も、太い葉影の曲線も、えがいたようにはっきりと眺められます。

私は家の中にはいっても、すっかりめがさめて寝る気もしませんので、灯の下の卓によりかかって、いまの月下の印象を句にして見ました。丁度三十句程駄句ができましたが、句の巧拙は別として、非常にたのしく、心がせいせい致してきます。腹痛もわすれ、何も羽織らぬ寝衣の素袷《すあわせ》一枚で、寒いともかんぜず、鉛筆をなめていました。

私はあの昨年の病気以来、こうして句作境をたのしむようなことをせず、丁度丸一年やめました。はじめ信州で発病の時は、雑誌の一ページよむのもいやな程、頭痛を日毎に覚えましたのがさいしょでそれから、昨年中は病みつづけ、悩みつづけてとうとう、句会などへ伺っても、いくら考えても、頭がからでつくれませんので、ほんとに自分でも悲しく、それからまた色々の事情の為めにも、もうとても、私には句作はだめとあきらめてました。それに病後は根気がなくなりましたし、熱心もかいて、殆《ほとん》ど、読書にのみかじりつき、俳句をつくることはおるすになってました。それが先日熊本江津湖畔に汀女さんをたずね、そのせつ日々の秋雨に、また孤独の淋しさに襲われますまま、句をつくりました。丁度そのときから又、私は作句することに大変興味がわいてきまして、下手でも何でも写生する事にしばしなりと没頭することができるような、愉快な心地になれ《（ママ）》出しました。

　私が、板櫃《いたびつ》河畔にすみまして、作句をしはじめました、あのころから丁度五年めになりますが、只今迄は、雑詠に何句出るというような事のためにはげみ、それを非常にほこりとも、幸福ともし、句数の小ない時は、食事もすすまず、やつれて、心の沈むほど、私は熱し、悲しみ、只雑詠に争う事、むこうみずに進み、作ってきました。感興がひとりでに起るというよりも、何でもかんでも、雑詠に出さえすればというので、血まなこで――実際夢中で作っていました。生れたのでなく、作ってました。それは真剣でひとりでにうまれた句も、拙《つたな》い作の中には少からずありますけど……。

　また俳句をやっていきます間は、最初の中は人様の雑詠に出された秀句をみて、自分の句作境の沈滞を唯々《ただただ》悲しいと存じました。淋しくおもいました。後には、とても私には句は出来ないと、きめて、雑詠もねっしんによまなくなり、また自分の出さないことも一向気にかからず、でも時々ホトトギスを拝見する度に、何だか思出の古巣をなつかしむような、またむねの底の古傷が幽《かす》かにうずくような淋しさをおぼえました。いつかたまった誌代も、御送りしようとおもいつついほうりっぱなしにして、淋しい時には他の本をよみ、体もことしは、例年よりずっと弱く暮して居りました。ところがこの秋は、何故ともなく私は日毎に日毎にやせまして自分でもきになるくらい顔色もわるく、また肉が、むねも、頰も、手足迄もどんどん落ちてゆきます。

帰倉後一時恢復《かいふく》して肥《ふと》りかけた私も、また神経過敏な、鼻ばかり大きい高い、目のぎょろぎょろと冷くひかる、淋しいそっけない顔付になってきた事を、われながら日毎に鏡の中できづきますし、髪もげっそりへって、何ですか、はや老衰がしっかと私をつかんでしまったと思うごとに侘《わび》しゅうございます。

畠窓にたたずめば何とはなしに侘しさがこみあげる。三十こした女の淋しみと申しましょうか。幻滅の前へ立った女、また人生の灰色を見た女。私のように常に多感に、孤独と悩みとを感じます女には秋はことに淋しゅうございます。それは決して詩人や、歌人が、秋淋しなど感傷的にうたわれるようなロマンチックななまやさしい侘しみでなく、世界のはて迄でも、否私の死の棺の中へもそっとつきしたがう深い魂の寂しみでございます。親も、兄姉も子も、夫も、共にありつつ、又友はありつつもなお、墓場の如き寂しさと孤独、人の世の誠と真実の涙をたずねて歩き迷う、絶望に近い、そして涙も流れず、只無言でひとり窓によりかかって、幾時間でも暗い顔をしているというような底深い魂の孤独でございます。かんじ易い神経を鈍くしようしようとあせればあせるほど、ものの感じが一つ一つ迫るように私の魂をゆりうごかします。

こういう風な状態にある時恋しいものは青春です。過去です。思出です。芸術です。本です。あるいは俳句です。友です。都の灯です。しかし、つかむことの出来ぬ過去と時の推移をいかに悲しんだとて何になりましょう。

貧しい私には本は買えず、友は皆遠し、都の灯も、実家も何百里へだてます。芸術の殿堂は、あまりに尊く高くして私にあおぎみる事も叶《かな》わず、あとにのこるのは只俳句です。親しみ深い、私のおいたち、そだてられ、五年の間を安心してたよってきた俳句です。私はかくしてまた俳句に親しみ出しました。

今はじめて、私は御選句にもれることを意にかいせず——それはとっていただけば嬉しいことはこの上なしですが——自分の生活にふれ、目に見、耳にきいた事。心の叫びを作句すること。とにかく拙くとも、自分の性格なり、生活にふれたことをつくりたいと思います。

一時やめてましたときは、必ずしも写生でなくても、主観でもゆけると考えた日もありますが、やはり生きた句は、写生から生れるのだとこのせつしみじみかんじます。但し写生といっても、見あたり次第、てあたり次第に、何でもひろいあげて写生するのでなく、深い魂の感銘を基礎としたまことの写生をして見とうございます。こう申しましても、中々実際には、そうたやすいわけにもゆかず、もとより一層拙くなりきった句境を、容易にとりもどすことも出来ないとは存じますが、私は一人静かに、他をかえり見ず作句をまじめにして見ようと考えています。

昨年以来のなまけた心持が漸く一掃されて嬉しく思われます。

いつやら先生の御手紙で、いつかはまた芽を出す日もあろう、努力せよと仰せいただき、おはげまし下さいました御言葉を、今しみじみと味い、この事を先生へ申上げようとして筆をとりました。

ああもう夜あけに近いようでございます。畠のむこうの家で雨戸をがたがたいわせたり、車井戸をきしらせています。窓を再びあけて見ますと、いつのまにか月光が消えて、コスモスはうすくらい中に、じっと払暁の静寂を守っています。どこかの工場の汽笛がなり出しました。

感じたままをただかき流し、甚だ乱れた筆跡で、文もめちゃめちゃでございますが、もし之《これ》を雑誌のはしになりと御のせいただかれますならば嬉しゅうございます。ペンを握っている指先も、机の下のひざがしらも、冷たくなって、あかつきの寒さをひしと、おぼえます。末筆ながら御自愛あそばしませ。

十月十七日未明畠窓の下にて

高浜虚子先生

（「ホトトギス」大正十一年一月）

日本新名勝俳句入選句

英彦山

谺して山ほととぎすほしいまゝ　久女

昨夏英彦山に滞在中の事でした。

宿の子供達がお山へお詣《まい》りするというので私もついてまいりました。行者堂の清水をくんで、絶頂近く杉の木立をたどる時、とつぜんに何ともいえぬ美しいひびきをもった大きな声が、木立のむこうの谷まからきこえて来ました。それは単なる声というよりも、英彦山そのものの山の精の声でした。短いながら妙《たえ》なる抑揚をもって切々と私の魂を深く強くうちゆるがして、いく度もいく度も谺《こだま》しつつ声は次第に遠ざかって、ぱったり絶えてしまいました。

時鳥《ほととぎす》！　時鳥！　こう子供らは口々に申します。

私の魂は何ともいえぬ興奮に、耳は今の声にみち、もう一度ぜひその雄大なしかも幽玄な声をききたいというねがいでいっぱいでした。けれども下山の時にも時鳥は二度ときく事が出来ないで、その妙音ばかりが久しい間私の耳にこびりついていました。私はその印象のままを手帳にかきつけておきました。

その後、九月の末頃再登攀《とうはん》の時でした。いつもの様にたったひとりで山頂に佇んで、四方の山容を見渡していますと、七人ばかりのお若い男の方ばかりが上ってきて私の床几《しょうぎ》の横にこしをかけて、あれが雲仙だ、阿蘇《あそ》だとしきりに眺めていられます。きいて見るとその人々は日田《ひた》の方達で、その中に俳人もあり、私が小倉のものだと申すと、「では久女さんではありませんか」と云われました。そんな話をしながら六助餅《もち》をたべています折から、再び足下の谷でいつかの聞きおぼえある雄大な時鳥の声がさかんにきこえはじめました。

青葉につつまれた三山の谷の深い傾斜を私はじっと見下ろして、あの特色のある音律に心ゆく迄耳をかたむけつつ、いつか句帳にしるしてあったほととぎすの句を、も一度心の中にくりかえし考えて見ました。ほととぎすはおしみなく、ほしいままに、谷から谷へとないています。じつに自由に。高らかにこだまして。

その声は従来歌や詩によまれた様な悲しみとか、血をはくとかいう女性的な線のほそいめめしい感傷的な声ではなく、北岳の嶮《けん》にこだましてじつになだらかに。じつに悠々と又、切々と、自由に――。

英彦山の絶頂に佇んで全九州の名山をことごとく一望におさめうる喜びと共に、あの足下のほととぎすの音は、いつ迄も私の耳朶《じだ》にのこっています。

（昭和六年）

落椿

一

隣りの地蔵堂の山椿がいっぱい花をつけ出した。菊が丘は東に足立、霧が岳をひかえ、西北に玄海灘《げんかいなだ》をのぞみ見て誠に風の激しいところ。見渡す玄海に白波のわきたつ日は、丘の家は二階の雨戸もあけられず、凄《すさま》しい勢で海から、山から、風が吹きつける。咲きかけた沈丁花《じんちょうげ》も牡丹《ぼたん》の嫩葉《わかば》も風にいたんでしまう有様である。

しかし風のない天気のよい日は、欄から見渡す帆柱《ほばしら》、貫《ぬき》の山々は紫にかすみ、丘つづきの青麦はかぎろい、草をつむ童も見えて誠にのんびりした眺めであるが、また雨でもふり出したら、草庵の通い路の、坂道も、門辺もすっかり泥濘《ぬかるみ》になってしまう。ここは丘といわず庭といわず赤土なので、町では駒下駄《こまげた》で充分歩ける日でも、高下駄でなくてはとても一歩もあるけない。

道が乾いてしまってもまだ、門の横はぬかっていて落椿がそこら中ふみつぶされている事がある。

去年三月ここへ引越してきた当座は毎日のよう落椿を掃くのが楽しみで、道を掃きまわった。椿は毎日毎日溝にも泥濘にも垣根のかげにも紅を点々とこぼし続けた。

ある激しい風雨の翌朝起き出て見ると、椿のかげといわず、七八間も隔った道から、大溝、泥濘へかけて落椿の筒が皆北向に撒《ま》きちらした様何百となくおちていた。まだ半開きの莟《つぼみ》もいっぱい落ち交っていた。

更に地蔵堂へ歩み入って見ると、そこは庭一面の潦《にわたずみ》に落椿が、あるいは花の鉢をうつぶせ、あるいは真白いしべを傾けあるいは同じ方へ花の筒を傾けあうて数限りなくころげているのを見て、昨夜の風雨の激しさを知り、椿の樹を仰いで見ると、まだまだ葉がくれに沢山花をつけているのであった。内へ帰って見ると、庭にも、風にいたんだ深紅の花が五つ六つ落ちているのを見出《みいだ》した。

こんなに朝夕椿に親しみながら去年は少しも椿の句が出来なかったから、今度こそと待ちかまえていたが、去年の夏毛虫の巣のようになって、地蔵堂の庵主《あんじゅ》が毎日毎日毛虫焼をしてもやきつくせず、毛虫は遂《つい》に葉を食い枯してしまったので、冬中、椿の樹は枯木の様に緑を見る事が出来なかった。

今年は一つの花も眺められないのかと心配してたら、二月の末頃から枯枝のさきに莟がめだってき、漸《ようよ》うこの頃になって、椿は一葉もない枯木に紅《あか》い花を（ママ）おびただしく咲きはじめた。遠くから見あげると、花が小いので紅梅のようにも見える。

毎日私は椿の下に佇って仰《あお》いでは見る。木かげの道は白くかわいてまだ一輪の落椿もしない。空は枯枝の間から碧く澄んでいる。私は又椿が落ちはじめて毎朝毎朝掃きよせられるのを楽しみにしている。

二

大正十一年の春、九州御旅行の御帰途である虚子先生を小倉へお迎えしたのは丁度椿の咲く頃だった。

櫓山荘《ろざんそう》のユーカリ並木で自動車を下りて、おひろいになる先生に、菜畠はすでに淡い花をつけ、山荘の大門はひらかれ、門坂には椿がおちかたまっていた。

応接間の、枯松葉がもえさかる暖炉の前に、虚子先生はおかけになって、玻璃越の玄海を眺めつつ、潮干と落椿二題を課して下さった。

芝生へ廻《まわ》された下駄をはいて、裏山へのぼり、潮干潟《しおひがた》を眺め佇まれる先生のしりえに庭芝をふみつつ句作する私達だった。

この櫓山《やぐらやま》は昔、豊前筑前《ぶぜんちくぜん》の要《かなめ》でお関所のあった所、木立深く茂りかわし、関門彦島から玄海の果までも展《ひら》く景色の大きさは、先生のお目にも興深く映じたらしく

浜松の梢ごしなる潮干潟　虚子
潮干潟人あらはれて佇めり
長き棹持ちて何する潮干潟
落椿投げて暖炉の火の上に

谷水をさそひ下るや落椿

等の句をものされた。

その日席につらなった俳人は公孫樹《こうそんじゅ》、柳琴《りゅうきん》氏はじめほんの六七人に過ぎなかったがしんみりした記念すべき句会だった。

多加女《たかじょ》さんはまだ俳句を作られなかったし初めての対面でおしたしみもうすく、ただ山荘を拝借しただけであったから、長椅子に腰かけて句会のさまをつつましく眺めていられるだけだった。

その時多加女さんはおいくつ位だったか。柳琴氏にこの日初めて紹介されて、白牡丹のようすらりと佇った多加女さんを見た時私は、この波風のあらい淋しい山荘に、こんなに美しい人がかくれ住んでいたのかという、不思議な驚きの目をみはったのであった。

虚子先生はその夜ミカドに御一泊。翌朝御立になった。

これが機縁となって、その後私は、山荘の蔦《つた》の扉をしばしば訪れることとなった。松の木の間の玄海が紺青にうち晴れる日も、波音の淋しくひびく風の日も。

時にはまゆ玉の婦人の居間に時の移るのも忘れ、御主人と三人ですきやきをつつきながら語った日もあり、ある日は小松のかげにもえる蕗《ふき》の薹《とう》を柳琴さんや多加女さんと摘み興じたこともあった。

二人で庭めぐりして馬酔木《あしび》の花をながめ、奥庭の八つ手の花かげに潮風をあびつつ句作したり、あるいは松かげの榻《とう》に蟻地獄をみつける等櫓山の思出は中々つきない。

いつだったか二人でゲーテ会を思いたち、小倉の有閑夫人連を山荘にあつめて、明専の大狭教授から講話をうかがったことがあった。大狭教授は独乙《ドイツ》文学研究の為留学していた方なので、毎回原書をしらべ、ワイマル版のゲーテものをわざわざ持参されて、ゲーテの家や生たちゲーテの作品に関する文豪たちの批評にいたるまで、独乙語まじりで、講義して下さるのを一々私達は、食堂のテーブルを囲んで熱心に筆記したものである。

タッソー、ファウストその他次々にその他のものも二年ほどにわたり講話して頂く計画だったがそのうち大狭教授も東京へお立になったので、ゲーテ会は中止され、そのかわりに児童芸術協会が、多加女さんはじめ華かな夫人達によって組織され、東京から久《く》留《る》島《しま》武彦氏が見えて発会式があげられた。地方には珍らしい美しい集りだった。私も幹事の一人だったが、まもなく私はこうした華かな人達のお仲間から退き、友からも離れて、ただ孤《ひと》りの生活に長い間とじこもらねばならなかった。

もっとも多加女さんとは、ときどき二人きりで安部山に竜胆をつみ返り、椿をさぐり、広寿山の芝生に春竜胆をつみながら語ったこともまれにはあった。

今この菊が丘の草庵にあけくれ椿をながめ椿をさして相変らず孤りこもりいの数時を、その頃の思出にふけりくらすのもなつかしい。

（「花衣」二号　昭和七年四月）

種を蒔くよろこび

私宅でする毎月の研究会に皆さんがもちよらるる句を拝見してその都度痛感する共通な欠点は、句作の態度、句の材料、見方、よみかた写生のしかたにすべて熱が足らず浅いという事である。格別興味もない通り一遍の題材を、ほんの一目見たまま浅い句を芥でもかきあつめる様にして持参される事である。興味もわかず、ほんのお座なりな事務的な態度で写生した句の多いい(ママ)事である。句作の上に興味という事は是非必要な事で、一つの題材にふかい興味もって佇み観察し、写しとる所には必らず拙くても何か季題独得のものを発見する。

だからまず第一に興味をもってよく眺める事、興味を一点に集注して作句する事が必要だとおもう。

興味がわけば自然感情も高潮し、言葉は心の扉から流れるように十七字詩となってひびきを発しましょう。よしそれが一度でよい句にならずとも、かような態度で一年、二年、五年十年と作句する中にはかたくなな自然も遂に必らず何かすてきなインスピレーションをあたえてくれましょう。

とにかく興味の集注。「あれもこれもと浮気な態度で沢山の題材をつきちらし浅っぽい句を漫然とかき並べる事はやめて一月に一二題でいいから興味ある材料のみに作句を集注し、句は少数でも深く掘りさげて写生してごらんなさい。アナタの句稿はまるで八百屋さんで瓜《うり》もあれば茄子《なす》もある。それが皆一山十銭式で手あたり次第かきあつめた材料ばかり。見方も写生も浅い。同じ時間をつぶすならも少し方法をおかえなさい」と私はある女流にずけずけ叱言《こごと》をいったのである。

すると半月後その女流から一枚の端書が届いた。

「先日へちまと瓢《ひさご》を蒔きました。ところが平素は雨が降ればじめじめして大嫌いの私で御座いますが、蒔いた種のことを思いますと嬉しくて嬉しくて毎日降る雨が何ともいえずなつかしく一滴の雨もききもらすまいと日夜種の事のみ考えてます。先生のお話しの様どんな忙がしい生活の中でも、興味をもって自分の手で為せば俳句の材料になるものだという事がわかり、毎日仕事に追われつつも、蒔いた種のところへいってはかがみ、雨がふれば種の事を思いして狭い庭先にも、今迄覚えなかった楽しみがふえましてほんとに嬉しゅうございます。種蒔の句が出来ましたからお目にかけます」とこういう文面で、十五句程種蒔きの句ばかりいろいろに写生して送稿してきました（原句のまま）。

へちま種蒔いてほそ〳〵そゝぐ雨

種蒔いてこま〳〵雨をきく夜かな

種蒔いてそれ〳〵名札立てにけり

夜の雨にふくれゐるらん種思ふ

私はこの女流の手紙をよみ種蒔きの句を見て何ともいえぬ嬉しさにうたれました。

至ってすなおな気質のこの人は、私の厳しい叱言を怒りもせずすなおにうけ入れて、早速土をほじくって種を蒔き、雨が降れば雨をなつかしみひたすら種の成長をまちのぞむその優しい心づかい、自然にたいする愛情と、興味の喚起。もうこの女流の心は俳句と趣味のよき一粒の種がまきつけられた。この心もち。自然を愛す喜びは必らず成長して瓢の如く実をむすぶでありましょう。

自然を愛し生活を愛し、ものごとに興味をもって、いろいろと試み、きまめに種でもまいて見るとかまた七夕様を祭るとか、また時には夕ぐれの散歩に晩涼の句を作るとかいう風にすれば、自然写生も興味をもって習得しえられると思います。

散歩にも、買物の道すがらにもむろん小さい写生の手帖と鉛筆をわすれずふところに忍ばすことです。

（七月十四日）

（「花衣」四号　昭和七年八月）

女流俳句の辿るべき道は那辺に？

女流の句はすなおで男子より成長が早いと言われるが、次第に男子に追いぬかれて、遂には格別の差が出来るというのが定評です。

婦人には育児や主婦としての重荷があるという点いろいろ家庭の事情でと言う事も大きい理由でしょうが一つは又努力と心懸次第とも申されましょう。私なども永い俳句の歩みの中には、自分の句の拙いのを何十度がっかりし、自分にはとても見込はないと、俳句中止を何度思ったか知れませぬが、いやいや自分は才もなし、背景もなし句が拙いからこそ一層勉強せねばならぬと考え直し一生芸と思って、又はげみます。

自分の事に例を引いては誠に僭越《せんえつ》ながら私は永く九州の片田舎にすみ、手近に朝夕指導を仰ぐ師もなく、頭は古し学問はなし、その上女中もないので朝は五時か五時半頃からかならず起きて炊事洗濯掃除買物、風呂《ふろ》焚《たき》万端皆自分でせなくてはならず来客、句会、短冊、通信読書。一週一度某私立高女の絵の先生。やれバザー。やれ展覧会。と小いながら何やかや年中全く寸暇なく働きとおしで時には一時頃迄夜更しする事もありますが、ひまのない中から好きな俳句の道ゆえ皿洗い水汲み風呂焚しつつ句帖をふところに推敲する事もあり。実に多難多忙波瀾《はらん》の多い私ながら、うき世の荒波をきりぬけつつ句作に没頭する楽しみは、他の時間にめぐまれた幸福な夫人方より幾層倍かしれぬとも考えます。

時に多忙な一日をさいて、野外に唯一人句作する時の楽しさは又、肩のこりも気苦労も忽《たちま》ちいえて、何千円のダイヤを身につけるより深い魂の喜びを感じます。

私共凡才の者の辿る道は唯一つ自発的に努力し、自分の目、手、頭、個性で、自分の俳句をつかみとり、自分のものを築きあげる事が必要だと存じます。むろんそれは多難な道ではありますが、どんなによき環境に置かれ良師が朝夕手をとって教えて下さっても、自分自身がねむっていて、努力も苦心もしないでは、到底進歩上達は見出せません。

苦まずとも好《よ》い環境に成長する幸福な俳人も世にはあります。又反対に良師もない日のとどかぬ不毛な俳諧《はいかい》国もあります。

私は徒《いたず》らに新奇を追う浮薄さを好みませんが、然《しか》し又句境涯を向上させる為には、時に山あり谷あり溝があり、時には失敗もし落選もしつつ尚《なお》ひるまず、行けど行けどつきせぬ俳句修業の永い道程を一歩一歩辿る努力、苦心が必要だと思います。

熱心のない所にはどんなよい材料がころがっていても、天籟《てんらい》の妙音はひびき出さないものです。

もう一つ私のよく感じます事は、ある男子方が「女はつまらぬ、アナタ方は頭が古い。感情だけでものを見たがる。理智《りち》と感情をすぐ混同したがる。ヂョーギでひいた線の如く万事が明確でない。女なんか」と私共をよく冷笑されます。私は笑われつつ考えます。

本を沢山読んでいる頭のよい男子方が、女なんかとけなされるところには女の不勉強研究心の足りなさ、努力も迫力もうすく、眼界せまい事等、到底男子に追従してゆけぬ点で、我々はけなされても仕方がないと。

しかし又私は直ぐ考え続けます。

いや女が男子にけなされるその理智と感情とを混同したがり、時々は命がけにもなる点。ヂョーギで引いた如く万事が理詰めでゆかぬ所。女なんか、とけなされる所に、女性の特色があり、女流俳句の進むべき道があるのではないか？

と。女の天性直感的で感じがつよく、こと事に感情の波動を起し易い点。そうした性情に女流は男性のたがやし残した境地を益々《ますます》開拓してゆくべきではなかろうかと。

男子が新から新へと追い求め、理智的で、誇りかに胸をはり、他をへいげいしつつ、時には又他を排撃《そうげ》しつつ歩み進まるる時。女流はつつましく黙々と時々忍従し、自然の前へぬかずき、象牙の塔にぬかずきつつ、敬虔《けいけん》な足取で、男の方のなぎ倒しふみにじりつつ通った野菊をも静かにひき起す優しさ女らしさで侮蔑《ぶべつ》にほほえみつつ婦人らしい近代的感覚情緒を、観察を、家庭内を、自然を、素材として偽らぬ自己の俳句を次第次第にきずき上げてゆくのが婦人俳句のゆくべき道ではないでしょうか。

婦人の句は力よわいという事もよくききますが、それは、婦人の力量が進歩洗練されぬ為めですから、一層勉強し、命のこもった婦人独自な句境涯を開拓せねばならぬと存じます。

いつ迄も無自覚に類型的な内容表現にのみ安心しているべきではなく、漫然と男性に模倣追従しているばかりでは駄目だと思います。女流という自覚の上に立って、自らのよき句境涯をきりひらいてゆく努力勉強がぜひぜひ必要です。

それには、本もよんだり、昔の歌集もあさり、時には近代詩の一ページでものぞいて見るとか、よい絵を見るとかして、頭と目を肥し又一句を仕上げる為め、表現に苦心して、よい言葉をみつける為めに、努力する事も必要となってきます。

ともかく、自然人事の中からいかに十七字を切取るか。いかに見、いかに感じ、何をいかに表現すべきかという事を、時々はよくよく考える事も必要であります。

意のみ余って、申足らず、誠に粗雑な記事ながら各人各様の自由な歩みをつづけ、女流の中からドシドシ新人が現れて、真摯《しんし》な女流俳句の烽火《のろし》を各地にあげてほしいと存じます。

それには婦人にありがちな嫉視《しっし》反目をすてて互にみがきはげましあいつつ進むのでなくては到底女流俳句の黄金時代は、こないと痛感させられます。

かりたご女流俳人の御奮起御努力をひとえにいのり上げつつ

（八年七月十七日夕蚊群におそわれつつ）

（「かりたご」昭和八年九月）

菊枕

十二月二十三日の早朝起きいでて、欄から見わたすと、西南の空にピラミッドの如くそびえている帆柱山には、銀白の初雪が、二三すじ玉だすきをかけた様にかかっていた。東南の山の多いぬき山にもうす雪がかがやき渡り、数日の風雨のあともなく、雲まから旭《あさひ》がうらうらとさしてきた。

天帝の下したまう初雪の瑞祥《ずいしょう》は果して、午前八時頃鈴の音いさましく、この朝六時三十何分

皇后陛下御安産。御皇太子殿下御誕生遊ばされた御吉報を拝承して数ならぬ菊が丘の一閑人も心から皇室の御栄え。新皇子様の御幸いをことほぎ奉るのであった。

丁度この日午後から、徳力《とくりき》桜橋畔に藤井玉欄画伯をおたずねする用事があって、魚町《うおまち》からバスを駆る道すがら、市並の商家も刈田の伏屋も、きょうの佳《よ》き日をお祝い申し上げる国旗がいさましくひるがえっていた。

雪のぬき山は白銀の屋根をゆくてにそびえしめ、玉霰《たまあられ》がしばしば音たててたばしった。

玉欄画伯のおすまいは、古風なさびた簷端に一本の早梅が、わずかに咲きはじめていた。唐藤に墨絵の鶴をしきりにかいていられた玉欄さんは、仙人めいた長い半白のあごひ

げをたれて、いつもの通り何のかざり気も微塵《みじん》もなく快く私を招じ、自らお茶をついでもてなして下さった。

一昨日私が伺って、お願いしてあった、塩瀬羽二重《しおぜはぶたえ》に白菊の絵はろくしょうと、銀泥《ぎんでい》で美事《みごと》に、いかにも品よくかき上げられてあった。

きょうは皇太子殿下の御うまれあそばされた佳い日で、おそれ多い事ながら、ゆかりの菊をかいて頂くのも誠にえんぎがよい、と私は語って喜んだ。

玉欄さんもいろいろと菊のはなしをされ、私が持参した菊枕の色紙から、話は陶淵明《とうえんめい》の東籬《とうり》の菊の話、菊慈童《きくじどう》の話などいろいろ出て私は遂々、いそがしい師走《しわす》の事も他の用事もわすれて、ゆたかな心地で対座三時間を、画室の緋毛氈《ひもうせん》の上にすがすがしく語りあった。

旧藩時代からの旧《ふる》いお家らしいすすびた欄間のなぎなたや陣笠《じんがさ》、うすくらいお座敷の床の間の壁は銀箔《ぎんぱく》ではりつめてあった。その落ち付いた銀光の壁に静かにかかった佐久間象山《しょうざん》の古幅と、一鉢の蘭と、これもいとものさびた美事な七絃琴《しちげんきん》とがおかれてあるだけの床の間は、何ともいえぬ古雅ななつかしい気品があった。そうした部屋の中に、すでに還暦を過ぎた玉欄画伯と相対して、いろいろと閑談をうかがうのは誠にのびのびして嬉しい事だった。

玉欄氏は、火鉢にかわをかけて自らかきまわしつつ、詩を談じ菊をたたえ、絵筆をとって、青銀の落款《らっかん》を、さっきの菊の絵にそえて下さった。

朱欒の庭に心をのこしつつ四時過ぎ、画伯のもとを辞し、町で買ものなどして、漸く日のくれがた菊が丘の草庵に戻ってきたが、るすの間に、白二重の菊の枕もぬいあがっていたのを見てきょうは何もかも、純白ずくめ、菊ずくめで玉の皇子様御誕生日にふさわしい何となく、お目出度《めでた》い日と心嬉しくて、なおも簷端を叩《たた》く玉霰を静かにきき入りつつ、私はきょう玉欄氏と語りあった、清貧の詩人陶淵明をおもいだしていた。

かへらなんいざ、田園まさに荒れなんとす。

こう口ずさむと、私は童顔（？）酒ずきの詩人を思いうかべる。

故郷の潯陽《じんよう》にかえって、朝に夕に南山を眺めながら、東籬に菊を植え松をそだてて田園にしたしんだかの五柳《ごりゅう》先生は、時に好物の酒さえなく、菊花をつんでは盃《さかずき》にうかべてのんだ日もあろうし、白衣の貴人が酒壺《さかつぼ》をさげて訪れ、共にくみかわしながら詩をよみ快談した日もあろう。

俗塵《ぞくじん》と断って、只菊花の清節を愛した陶淵明の孤高はとても吾々《われわれ》のまねうる所でもないが、ただ茅屋《ぼうおく》にこもって、菊花を愛し、清貧と孤りを愛すこころもちだけは、いささか陶淵明の流れを汲《く》むものとも言えようか。

だが、草庵の菊花は、とても菊と堂々名づけうるものではなく、堺町の旧居にいた頃は、門べに咲きふし、菊丘の今の草庵の狭庭《さにわ》にもただ植えばなし咲きばなしで、添竹もなく気ままに、南縁の下や、籬《まがき》のもとにくねり乱れ、時雨《しぐれ》にも潦にも咲きふすいとものの寂《さ》びたひなびた乱菊の風情を、私はありのまま打めでるだけであった。

昔東京目白の実家にいた頃は父の菊ずきで、ひろい庭の松かげにも白菊が一かたまり。しおり戸のかげにも、植木の込んだ築山《つきやま》のかげにもまた蜀紅《しょっこう》の錦《にしき》が、一むらという風に美事な菊が添竹をあふれる様にわざと自然のままゆたかに咲き乱れるにまかしてあったのをいつも思い出す。はるばる九州へもって来たその父の遺愛の菊の種の種苗ももう十数年経ていつか絶えてしまったが、私の菊を愛す心もちは幼い時から父の蘭菊好にはぐくまれたものである。

さて、さっき一寸《ちょっと》書いた菊枕というのは、陶淵明の東籬の菊にちなみ、恩師虚子先生の延命長寿をいのるため、二三年前、白羽二重の枕に菊花を干してつめてさしあげたものである。

その時、虚子先生から

初夢にまにあひにける菊枕　虚子

というお句をいただいた。

愛蔵す東籬の詩あり菊枕　久女
白妙の菊の枕をぬひ上げし　同

ことしも私はふと菊枕を作ろうと思いついて、外へ出るたびに白菊のみを求めてはさげて戻った。ある日はまた足立山麓《さんろく》広寿山のほとりにある七反歩《たんぶ》ばかりの菊畠に菊つみにもいった。碧《へき》るりの玉の如く晴れた、雲一つない大空の下で明るい日ざしをあびつつ籠に黄菊白菊をつみうつるのは誠に心楽しい事であった。

いく度かにつみとった大菊は、千何百輪。中小菊六千余輪。一尺から七八寸位のいろいろな新種の美事な菊が沢山あった。

宅へもどってきて夜長の灯の下にひとり菊花を数えつつ新聞紙の上にひろげてゆく時のたのしさ。

菊は、六畳の部屋いっぱいにほされ、日和つづきの菊丘の草庵は、縁も座敷も菊の色香にみたされて、ある夜は、とうとう布団しく所もなく戸棚の中に私は一人小さくなってふせった事もあった。

美しい菊花の精は夜ごと訪れて私の夢の扉をうつくしく守ってくれたことであろう。

夜は菊の香りにつつまれて臥《ふ》し、ひるは菊をほしひろげたり、菊の手入れに忙しく、そのひまひまには、手紙を書いたり、遠来の句ともがらをむかえたり、それもこれも、皆この部屋一ぱいほしひろげた七千余輪の大菊小菊の中で、一月余の起き伏しを楽しんだものであった。

瑞穂《みずほ》の国の新皇子うまれまして福春を迎うるうれしさに、万葉の企救《きく》の高浜近くすむ身は、元禄《げんろく》の園女《そのめ》撰《せん》の菊の塵《ちり》、紫 白女《むらさきはくじょ》の菊の道、長門《ながと》の菊舎の手折《たおり》菊四巻、残菊集二巻についても今少し記して見たいと思ったが、あまり長くなるからここらで、筆をおく。

菊が丘の草庵にて

（「九州日報」昭和八年十二月二十七日）

鶴料理る

一月三十一日の夜、ちさ女さんがきて、

「朝鮮の妹から白鶴を一羽送ってきましたから、先生にも一と片もって来ました」

といって、お皿にのせた一塊の鶴の肉をさし出した。

鶴の肉というものは、私が子供の時、東京の実家で、やはり朝鮮から送られたのを食べた事はあるが、もう三十年も前の事で、一向覚えもないので、手にとりあげて眺めると、牛肉の様な赤い肉だった。

「これは胸の肉なのでございますよ。ゆうべは二時頃迄鶴を料理《つく》るのにかかりました。そして肉は、きょう主人と二人で三十軒ばかりおわけしました、白鶴は剝製《はくせい》にやったりして、この三日ほど鶴の事でさわいでます、お隣の方など、鶴は食べた事ないからたった一片下さい、おっしゃるから二三片差上げましたら、今日は、汽車にのって直方《のおがた》の七十幾つかのお母さんにあげにお出になるそうです」

と、ちさ女さんは鶴の肉を方々へわけて、自分達夫婦は骨ばかりしゃぶったとも愉快げに話して笑うのだった。

「先生もう一片の方は、縫野さんの坊ちゃんに上げて下さい。いくよさんがあんなに心配していらしたから」

と、ちさ女さんはもの優しく言いおいて帰っていった。

翌日私は、草庵のまわりを歩きまわって、まだ莟の固い紫色の蕗の薹や、芹《せり》、嫁菜《よめな》をつんで来、市場へいって、赤い小蕪《こかぶ》や春のお菜《さい》を五六種買って来た。

それらをきれいに洗い、塗盆にのせて、居間の畳の上に置いた。へやの中はきれいに取かたづけられ、名香の煙がしずかに流れていた。

灯下の屛風《びょうぶ》の前に、まないたをすえて坐った私は、一塊の鶴の肉や、庖丁《ほうちょう》、摘草籠に入れた芹よめな、盆に瑞々《みずみず》ともられた春菜の彩どりをめでながら、白布をしいた俎板《まないた》の上で、しずかに鶴を庖丁しはじめた。

私はふと気がついて、机の上の歳事記をひっぱり出し、鶴の庖丁という所をめくって見た。

例句が少いので、鶴を料理る宮中の古式を想像する事もかたく、千年切も万年切もわからないが、鶴の肉を、すきながら、大空を飛翔《ひしょう》している白鶴を想像したり、ちさ女さんの語った、鶴のものうす紅色の肉だったら一層料理るのにも感じがいいだろうにとそんな事を思いつつうすくへいだ肉を、古代蒔絵《まきえ》のふたものにもりならべるのであった。

この蒔絵のふたものは、主人の家が昔大庄やをしていた頃殿様から拝領したという根ごろ塗の本膳中の御椀《おわん》なので、三百年前の、金箔総まき絵の大時代もの。私が朝夕机辺にむいて、愛《め》でている器なのであるが、白鶴の肉に芹や若菜、蕗の珠《たま》等山肴《さんこう》をもりよせて、じっと眺めていると、何ともいえぬ古典のなつかしさがわいてくるのだった。

さてその翌日は、そのふたものを持って、記念病院をたずね、手術後の令息の容体をきいてから、白鶴の肉をあげると、いく代さんは、看病やつれした顔に喜びの色をうかべて
「静弥さん。すぐ煮《に》てあげましょうね、ですが滝川さんも、昨日から酸素吸入してらして、大分おわるいから一片でもさし上げましょう」

とふた物のまま、令息の友人で大分容体のわるい滝川さんの病室へ出てゆかれたが、すぐ戻ってきて、

「先生滝川さんの奥様が大変お喜びになって、でもおはつに頂戴《ちょうだい》してはすまないから今頂戴にこちらから出ますとおっしゃってでした」

との事。まもなく滝川夫人が小皿を手にしては入ってきて私にもあいさつされ、鶴の肉を三切もらい、ふきのとうや他の春菜もとりそえて帰られた。私も御病人の御見舞をのべて、せめて、日がかかっても全快さるる様にいのった。

いくよさんは、火鉢に小い鍋《なべ》をかけて鶴の肉をにはじめた。私は袂《たもと》から、長崎のあちゃさんと、オモチャの鈴と、香椎《かしい》でひろった橿《かし》のみを、静弥さんの枕もとにさし出した。

病人はねどこの上に起き上って大変機嫌がよく、私のあげた鈴をならして、鶴の吸ものの出来るのをまっている。そこへ御主人も製鉄所の帰りみちにたちよられ、

「先生も御一緒に御食事しておかえりなさい、今日は私の誕生日だから」

とすすめられるので、つい私も呑気《のんき》にそのきになり、御病人があの古蒔絵のうつわで、機嫌よく白鶴の吸ものを吸われるそばで、縫野御夫婦と一緒にのんびりと御馳走《ごちそう》をいただいた。

私のもっていった鶴の七片のうち。のこりの三きれを、縫野氏の令息がたべ、一片を御主人が誕生日の祝いにとたべ、又私宅ののこりの鶴の肉は、節分の夜八十一の老母と、主人と私とが一片ずつ、千年の寿にあやかるようにと語りあいながら賞味したのであった。

（九年三月十七日記）

（「かりたご」昭和九年四月）

朱欒の花のさく頃

私が生れた鹿児島の平《ヒラ》の馬場の屋敷というのは、明治十年鹿児島にわたって十七年間も住っていた父母が、自ら設計して建てた家なので、九年母《くねんぼ》や朱欒《ザボン》、枇杷《びわ》、柿など色々植えてあったと母からよく聞かされていた。

城山の見えるその家で長兄をのぞく私達兄弟五人は皆生れたのであるが、無心の子供心には、あさ夕眺めた城山も、桜島の噴煙も、西郷どんも、朱欒の花のこぼれ敷く庭の記憶もなく只冠木《ただかぶき》門だけがうっすら頭にのこっている。

年若な官員様であった父は、母と幼い長子とを神戸に残して一足先に鹿児島へ赴任すると間もなくあの西南戦争で命からがら燃えつつある鹿児島を脱出して、桜島に逃げ民家の床下にかくれて芋粥《いもがゆ》をもらったり、山中に避難している中官軍の勝になったので、県の書類だけを身にしょっていたのをもって碇泊《ていはく》中の軍艦に辿《たど》りつき漸《ようや》く命びろいしたと云う。

母達もその翌春かにはるばる鹿児島に上陸した時は、ただまっ暗な焼野原で一軒の宿屋もなく漁師の家に一と晩とめてもらったが言葉はわからず怖ろしかったそうである。

だが十七年もすみついてすべてに豊富な桃源の様なさつまで私の兄姉達は皆鹿児島風に

そだてあげられた。私は長姉の死後三年目に生れたので父母が大変喜んで、旧藩主久光公の久の一字にちなみ長寿する様にと命名されたものだとか。三四歳迄《まで》しか住まないその家の事もただ母からきくのみで四十年来一度も遊んだ事はないが、兄月蟾《げっせん》が十数年前、平の馬場のその家をたずねて見たところ今は教会に成っていて家も門もそっくりそのまま残っていたのであまりの懐しさに兄はその庭には入って朱欒や柿の樹の下に佇《たたず》んで幹をさすったり仰いだり去りがたく覚えたという事を私に語ってきかせたことがあった。

一体私の父は松本人。母はあの時《とき》じくの香《か》ぐの木《こ》の実を常世《とこよ》の国から携え帰った田道《たじ》間守《まもり》の、但馬《たじま》の国出石《いずし》の産なので、こじつけの様ではあるが、私が南国にうまれ、その後また琉球《りゅうきゅう》、台湾と次第に南へ南へ渡って絶えず朱欒や蜜柑《みかん》の香気に刺激されつつ成長した事も面白くおもわれる。

台北の官舎では芭蕉《ばしょう》や仏桑花《ぶっそうげ》、蘭など沢山植えてあったが、私のまっ先に思い出すのは父が一番大切にしていた一株の仏手柑《ぶしゅかん》である。指をもつらした様な面白い形の仏手柑はもいで籠《かご》に盛られて父の紫檀《したん》の机の上や、彫刻した支那の大テーブルの上に青磁の花瓶などと共にかざられていた。

仏手柑は香気が高くて雅致のあるものだった。

台湾では文旦という形の尖《とが》ったうちむらさきや普通の丸いざぼんや、ぽんかん、すいかん（ネーブル）等を籠に入れて毎日の様土人が売りにきた。

ぽんかんの出盛りの頃になると百も二百も買って石油鑵《かん》に入れておいては食べ放題た

べた。お芋だのお菓子の嫌いだった私は、非常に果物ずきで、蜜柑畠には入って、枝のぽんかんをもいでは食べ食べした事や、唐黍《とうきび》をかじり、香りの高い鳳梨《ほうり》をむいたり、びろど《（ママ）》の様な朱欒の皮をむきすてて平らげたり、八九段もついているバナナの房を軒に吊《つる》しておく楽しみなど、すべて香気のつよいしたたる様な熱帯地方の果物のうまさを思い出すと今でもよだれが出る様で、実際よくもあんなにたべられたものと思うくらい。お正月など、お雑煮も御飯もたべず私は顔の色がきいろくなるほど蜜柑ばかりよくたべたものである。また朱欒や仏手柑を思い出すと、私達の帯や布団や袴《はかま》にまでザクサによく使用された支那ドンスの緋《ひ》や空色、樺桃色などの幅広い反物が色どりよくつみ上げられていた土人の呉服店の事や、まつりかの花をほしまぜたウーロン茶のむしろや、小さい刺繡《ししゅう》靴などを断片的に思い起すのである。

その頃母からおちごという牛若丸のような髷《まげ》にいつも結ってもらって友禅の被布《ひふ》をきておとぎ文庫の因幡《いなば》の白兎や、松山鏡を読みふけりながら盆の蜜柑をしきりに飽食する少女だった私は、南国というものによほど縁があると見え、嫁《か》して二十五年余り、小倉の町にすみ馴《な》れて年毎に柑橘《かんきつ》の花をめでるのである。

静かな屋敷町の塀の上から、あるいは富野辺の大きなわら屋根の門口から、まっ白い盧橘《ろきつ》の花が匂ってきたり、まっ白に散りしいたりしているのは中々感じのいいものである。朱欒の花は夏橙《なつだいだい》や柚《ゆ》の花よりずっと大きくて花数もすくないが、盧橘の方はもみつけた様に花を咲きこぼす。もといた堺《さかい》町の家の簷《のき》にも一本夏みかんの木があって年々花をつけては塀外へこぼれるのを毎朝起きて掃くのがたのしみで二、三句出来た事がある。

塀外の盧橘かげを掃きぅつり

私の見た中で朱欒の巨樹は福岡の公会堂の庭にあるのがまず日本一と勝手にいってもいいだろう。

いいだろう。八方から支え木で支えた老樹の枝は何百という朱欒をるいるいと地に低くたれていた。

先年大阪でひらかれた関西俳句大会の翌日、飛鳥川《あすか》をわたり、橘寺《たちばなでら》へ行った時鐘楼の簷にかけてあった美しい橘の実の幾聯《いくれん》も、橘のかげをふみつつ往来し、あるいは時じくの香ぐの実の枝をかざして歌った万葉人と共になつかしいものの一つであった。今南国の小倉辺では深緑の葉かげにまっ青な橙がかっちり実のり垂れ、町の人々はふぐやちぬが手に入るたびに、庭のだいだいをちぎって来ては湯豆腐々々としきりにこのき酢の味をよろこぶ時候となってきた。

つい四、五日前も門司《もじ》の桟橋通りの果物店の前に佇んで富有柿や林檎やバナナに交って青みかんや台湾じゃぼんが並べられているのを見ると、私の生れたあの鹿児島の家の朱欒ももうゆたかに実り垂れているのであろうと思い出されるのであった。

(昭和九年十月三十一日)

杉田久女の十五句鑑賞

坂本宮尾

鯛を料るに俎せまき師走かな

「ホトトギス」大正六年一月号の台所雑詠欄に初入選した、俳人久女の出発点となった句である。台所雑詠欄は初心者でも気軽に句に親しめるように、身近な台所周辺のものを課題とした女性専用の投句欄である。この句は「俎《まないた》」の題詠。料《りょう》るは、料理するの意。俎が狭いと捉えたことで、逆に俎上《そじょう》の鯛《たい》の豪華さを浮かび上がらせている。立派な鯛を料理する場面から、師走の台所の活気が伝わってくる。前年秋に作句を始めたばかりの句であるが、その後の発展を期待させるみごとな出来映えである。

笹づとをとくや生き鮎まー文字

苞《つと》はわらなどを束ねた容器。青々とした笹づとを解いたとたんに目に飛び込んできた清冽《せいれつ》な印象を、一息で謳《うた》い上げた。句からはぴんと真っ直ぐな生き鮎《あゆ》の姿が浮かぶ。勢いのある詠みぶりで、輝くような鮎を鮮やかに描き出している。「台所俳句」といえば、日常生活の些事《さじ》にこだわった野暮ったい句を指すことが多いが、この句はその域をはるかに超えた、新鮮な作品に仕上がっている。大正九年の作。

紫陽花に秋冷いたる信濃かな

大正九年八月に実父の納骨のために長野県松本に行った折の句。堂々とした下五を据えて調べも高く、どこにも緩みのない句の姿が美しい。紫陽花《あじさい》といえば梅雨時の花のイメージがあるが、この句は信州の八月の紫陽花を詠んだもの。夏が短い山国では、まだ青々と色を残す紫陽花に早くも秋の気配が漂い、やがて来る厳しい季節の到来を感じさせる。信濃の冷たく澄んだ大気が的確に表現されている。感情を表すことばはないが、心の支えであった父を亡くした作者の心持ちが静かに伝わってくる。

朝顔や濁り初めたる市の空

中断していた俳句を再開した久女は、創作活動に励んでつぎつぎと名句を詠んだ。「市」は、久女の自宅に近い小倉の旦過《たんが》市場などの市場とする解釈もあるが、むしろ広く市街と解釈するほうが句の奥行きが増す。咲き出したばかりの朝顔を眺めている作者は、工場の始業時刻となって、周囲の物音や匂いとともに、次第に背後の空が煤煙《ばいえん》でどんよりと曇っていく気配を感じている。切字「や」の働きで、眼前の朝顔から、背景の空へと大きく転換する。端正なこの句は、活気に満ちた昭和初期の北九州の風景と暮らしを描いた名吟である。昭和二年の作。

夕顔やひらきかゝりて襞《ひだ》深く

『源氏物語』を愛読していた久女にとって、夕顔は思い入れが深い花であったようで、毎年庭に植えて句を詠んだ。夕顔はその名の通り、日が暮れる頃にパラソルのように開きはじめる。久女は夕顔のもっとも美しい姿、大きな白い花が開きかかって襞の陰影が濃くなる瞬間を切り取った。対象をじっくり観察して得られた精密な写生句で、卓越したデッサンの力量を示している。昭和二年の作。夕顔の句としては〈夕顔を蛾の飛びめぐる薄暮かな〉〈夕顔に水仕もすみてたゝずめり〉などがある。

谺して山ほととぎすほしいまゝ

修験道の霊山、英彦山で得た久女の代表作。神域の静寂のなかで聞いたホトトギスの声に、久女は全身を揺さぶられるような感動を覚えた。打ち出しは力強い動詞によって音を描く。句の要となるのは下五「ほしいまゝ」で、この五文字を求めて久女は何度も英彦山に登った。句は自然を写すと同時に、翼を持つものの自由さに憧《あこが》れながら、鳥の声に聞き惚《ほ》れている作者の姿も浮かび上がらせる。久女の心はいつしか鳥と一体になり、思う存分に聖域を啼《な》き渡っているのである。大自然とそこに佇む人間を描いて、句柄が大きく、格調が高い。昭和六年の虚子選の日本新名勝俳句で帝国風景院賞金賞に入選した。

ちなみぬふ陶淵明の菊枕

久女の主宰誌「花衣」の創刊号を飾った菊枕の一句である。田園詩人と呼ばれた陶淵明は、「采菊東籬下／悠然見南山」〈菊を采《と》る東籬《とうり》のもと　悠然として南山を見る〉と詠んでいる。陶淵明の孤高の精神にならって、久女も風雅な菊枕作りを楽しんだ。独特の勢いがある力強い上五に、作者のはずんだ気分が表れている。昭和七年の作。

久女から菊枕を贈られた高浜虚子は、

初夢にまにあひにける菊枕　虚子

という挨拶《あいさつ》句を贈っている。「花衣」は五号で廃刊となったが、毎号久女は優れた俳句と力の籠《こ》もった評論と随筆を発表している。

〈ぬひあげて枕の菊のかをるなり〉は同時に発表された句であるが、昭和二十七年版句集では中七は「菊の枕の」として収録されている。しかし、初出の「花衣」（創刊号、五号裏表紙)、「ホトトギス」(昭七・三)、雑詠句評(昭和七・四)、草稿など、いずれも「枕の菊の」とあるので、原句に合わせる。これまで「菊の枕の」として引用され、知られた句であるため、補遺Ⅱに別の句として収録する。

風に落つ楊貴妃桜房のまゝ

昭和七年、北九州市の八幡製鉄の迎賓館で詠まれた。楊貴妃《ようきひ》桜は豪華な八重咲きの桜である。一重の桜は散りながら花弁が春風に舞うが、この句に詠まれたのは、強い風に吹かれて八重の桜が房のまま落ちる景である。傾国の美女の名を冠した楊貴妃桜という主題の選定が効果をあげ、反乱のなかで殺害されたたおやかな美人の故事が、上五「風に落つ」と響きあう。「ヨーキヒザクラ」のゆるやかな音も快く、春爛漫《らんまん》の雰囲気を醸し出して、久女らしい濃艶《のうえん》な抒情がある。同時に発表された〈無憂華の木蔭はいづこ仏生会〉〈ぬかづけばわれも善女や仏生会〉〈灌沐の浄法身を拝しける〉など五句で「ホトトギス」昭和七年七月号で初巻頭となった。

海松《みる》かけし蜑の戸ぼそも星祭

昭和八年に天の川伝説発祥の地とされる筑前大島の七夕祭に句友と吟行した折の句。

久女は玄界灘の島に生きる海人の素朴な暮らしに目を留めた。「戸ぼそ」は扉のことで、星祭に玄関に海草を吊した珍しい景を描いたもの。久女は浪漫的な星祭の宵の景に魅せられ、多くの句を詠んだ。この時期久女は精力的に北九州を吟行した。

中七は二十七年版句集では「蟹の戸ぼそ」である。「ホトトギス」（昭九・九）、当時の吟行記「木犀」（昭八・十）、久女の草稿のいずれも「蜑の」とある。〈蟹《かに》〉と〈蜑《あま》〉という文字の形が似ていることから句集編集段階で生じた誤植であろう。小さな蟹の穴に海松が貼りついていたという童話的な図もおもしろいが、久女の原句を尊重したい。

雉子鳴くや宇佐の盤境《いはさか》禰宜ひとり

昭和八年に宇佐神宮に詣でた折の作。「宇佐の盤境」は一般の人びとが入れない深い山の奥にある神宮発祥の地で、三枚の大岩が祀《まつ》られている。久女の解説によれば、一人の禰宜《ねぎ》が守っているという。久女も実際に拝したわけではないが、宇佐神宮について豊富な知識をもつ彼女は、雉子《きじ》の声から山奥の神聖な盤境へと思いを馳《は》せた。この句も切字の鮮やかさに目を瞠《みは》る。宇佐神宮で詠んだ〈うらゝかや斎《いつ》き祀れる瓊《たま》の帯〉〈藤挿頭《かざ》す宇佐の女《にょ》禰宜は今在さず〉など五句で「ホトトギス」昭和八年七月号で二度目の巻頭を得た。素材の選択や万葉調の用語に、久女の古典の教養と美意識が表れている。

磯菜つむ行手いそがんいざ子ども

博多湾に沿う筑前博多元寇《げんこう》の防塁跡で詠まれた。大伴旅人の〈いざ子ども香椎の潟に白たへの袖さへ濡れて朝菜摘みてむ〉（『万葉集』6―九五七）を踏まえた句と考えてよいだろう。下五の「いざ子ども」は『万葉集』に見られる表現で、目下の者への親しみをこめた呼びかけ。この句は、門下の女流俳人たち、自身に向かって、春の浜辺へ、また俳句文芸の洋々たる未来へと誘《いざな》う、久女の潑剌《はつらつ》とした響きの呼びかけである。この句を含め〈くゞり見る松が根高し春の雪〉〈雪颪す帆柱《ほばしら》山冥し官舎訪ふ〉など五句で「ホトトギス」昭和九年五月号で三度目の巻頭となった。

防人《さきもり》の妻恋ふ歌や磯菜摘む

この句も防塁跡で詠まれた句である。磯菜《いそな》を摘みながら、久女の想像力ははるばる東国から国防の最前線である筑紫へ派遣された防人《さきもり》を思った。『万葉集』には防人の哀切な妻恋の歌が収められている。出版直前まで進んでいた句集の題は『磯菜』で、これら二句にちなんだものであった。

梅檀の花散る那覇に入学す

「俳句研究」昭和九年六月号に南国で過ごした幼少期を詠んで、「瑠璃光如来」と題して発表された。その年三月に最初の商業的な俳句総合雑誌として「俳句研究」が改造社から創刊された。久女は「ホトトギス」以外の新しい作品発表の場を得て、意欲的な回想の句を試みた。父の仕事で一家は沖縄に転居し、まばゆい光に照らされた亜熱帯地方の風物が久女の原風景となった。那覇の小学校に入学したのは、明治三十年のこと。入学といえば桜を連想するが、南国育ちの久女の場合は栴檀であり、それも香りのよい紫色の花が散る風景なのである。字画の多い文字を並べた視覚上の効果も見逃せない。幸せに充《み》ちた子ども時代を回想して一気に詠み上げ、句には軽快な律動がある。

鶴の影舞ひ下りる時大いなる

山口県熊毛郡八代盆地に飛来するナベヅルを見に行った折の句。夜明けとともに起き出した久女は、鶴の生態と鶴の村を観察してさまざまな角度から六十余の句を詠んだ。この句は飛翔する鶴の下に立って、鶴が地に降りるときの様を描いている。鶴そのものではなく、影に焦点を絞った点、また、低いアングルから捉えた視点が斬新《ざんしん》である。昭和十年の作。〈鶴舞ふや日は金色の雲を得て〉も同時に詠まれた。

張りとほす女の意地や藍ゆかた

「俳句研究」昭和十二年十月号に載った「青田風」と題した十句中の一句。前年に突然「ホトトギス」の同人を除名された久女は日夜、苦悩した。虚子を敬愛し、「ホトトギス」一筋を貫いてきた久女にとって、除名の理由はいくら考えても、わからなかった。この句は除名後の久女の心情を吐露した作品として注目されてきたが、そのような事情を離れても、季語に「藍ゆかた」を配したことで、凜《りん》とした意志をもつ女性の姿を彷彿させる。中七に置いた切字の働きが卓抜で、きりりとした句に仕上がった。

冬の灯の消ゆるが如く兄逝けり

前書きには、「十五年二月四日兄死去　宝塚へ主人と同道」とある。心にしみる悼句である。長兄の赤堀廉行は穏やかな人で、庭仕事と小鳥を飼うことが趣味であったが、その小鳥からの感染症で亡くなったという。「冬の灯の消ゆるが如く」という比喩《ひゆ》は、静かな臨終と遺《のこ》された者の寂寥《せきりょう》を過不足なく伝えている。父が亡くなって赤堀家の当主となった長兄と老いた母は、久女にとって心の拠《よ》り所であったのであろう。久女は長兄宅に何度も滞在している。新しく補遺Ⅱに加わった句であるが、「ホトトギス」除名後も久女が折に触れて句を詠んでいたことがわかる。

解　説

種田山頭火と杉田久女ほど多くの評伝が書かれた俳人はいないのではないだろうか。人びとの関心を引きつけてきた理由は、第一に忘れ難い名句があること、加えて俳句人生がドラマチックであったことだと思う。久女の場合、評伝は多数出ているにもかかわらず、肝心の久女句集を読もうとしても、入手困難な状態が続いていた。この度有難いことに『杉田久女全句集』が、最初の版元である角川書店（現ＫＡＤＯＫＡＷＡ）からソフィア文庫の一冊として、未発表および句集未収録の七五九句を集めた新しい補遺も加えて刊行されることになった。

久女の生涯については、長女石昌子さんの「母久女の思い出」に、身内の立場から詳しく記されている。ここでは近代女性俳句の先駆けとしての久女の俳歴をたどりながら、久女の句集上梓《じょうし》までの経緯を述べ、そして今回新しく加わった補遺について記すことにしたい。

女性俳句の先駆者

久女が次兄赤堀月蟾《げっせん》の手ほどきで俳句を作り始めたのは、大正五年の秋、まだ俳句を作る女性がごく珍しい頃である。久女は二十六歳、幼い二人の娘をもつ若い主婦であった。『万葉集』や『源氏物語』を座右に置き、西洋の文学にも関心をもっていた文学好きの久女は、たちまち俳句という簡潔な詩型に熱中した。

折しも世の中は大正デモクラシーの時代で、それまで家父長制のもとでひっそりと家のなかで暮らしていた女性たちが、社会進出をするようになっていた。伝統的に男性が中心であった俳句界でも、高浜虚子が女性専用の台所雑詠欄を「ホトトギス」に設けるなど、女性俳人の育成に乗り出したところであった。これから女性に俳句を普及しようというエネルギーに充ちた絶好のタイミングで、久女は俳句の海へと船出したのである。

中央俳壇から遠く離れた北九州の小倉に住んでいた久女は、「ホトトギス」に投句して虚子の選を仰ぎながら、俳句の骨法を身につけていった。彼女は天賦の才に恵まれており、そのうえ独りでこつこつと努力することが大好きであった。その上達は目覚ましく、作句を始めてわずか二年半で、早くも代表句の一つを発表している。

花衣ぬぐやまつはる紐いろ〳〵

虚子は句の斬新さを認め、「女の句として男子の模倣を許さぬ特別の位置」に立つと称賛した。花衣を脱ぐという艶めいた場面は、従来の男性俳人の句には見られない新鮮な切り口であり、久女は一躍注目を集めた。天才と呼ばれる人の多くが経歴のごく初期に、その後の大成を暗示するものを示すとされるが、この句はまさにそのような作品である。さまざまな紐《ひも》や絹の布が織りなす華やかな色彩が感じられ、王朝物語が好きであった久女の美意識が強く感じられる。上五から中七の緊迫感に充ちた勢いのよさと、対照的に下五はゆったりと字余りで止めた緩急自在の詠みぶりには、久女独自のリズムがある。

しかしタライで洗濯し、カマドに火をおこして炊事をする時代であったから、主婦が文芸に熱中すれば、家事が疎《おろそ》かになって家庭不和の原因となる。女性の主体的な生き方が求められながら、まだ理想と現実の間には大きなギャップが横たわっていたのである。

足袋つぐやノラともならず教師妻

この句が「ホトトギス」に入選するとその大胆さが目を引いた。以後、久女のヒステリックな側面を示す証拠として、引き合いに出されてきた句である。言うまでもなくノラはイプセンの『人形の家』の主人公で、日本でも松井須磨子《すまこ》が演じて話題になり、「新しい女」の代名詞とされた。戯曲を地でゆくように久女の地元の福岡では、歌人の柳原白蓮《びゃくれん》が炭鉱王の夫伊藤伝右衛門に三行半《みくだりはん》を突きつけて、若い恋人のもとへ去るという衝撃的な出来事があり、新聞は「日本のノラついに家出」と書きたてた。久女が句を詠んだのは白蓮出奔直後で、ホットな話題を手際よく詠み込んだことになる。

従来、久女の句は貧しい教師の妻という境遇を、大仰に嘆くものと解釈された。しかし中七がノラとも「なれず」ではなく、「ならず」であることに着目すれば、ノラのようになれないことをただ嘆いているというより、夫を捨て、子を置き去りにするノラの奔放さに対する批判、家庭を守る自身の生き方への誇りを読み取ることができよう。

というのも、じつは久女自身も家を出ることを考えたことがあった。久女は腎臓病を発病して東京の実家で療養することになったが、結婚生活のつらい実状を知った実家から杉田家に離婚の申し出がされた。しかし夫は頑として承知しなかった。久女は子どもへの思いを断ち切れずに、結局離婚を思い止まって小倉の家に戻った。それはこの句のつい半年ほど前のことだったのである。

明治生まれの久女という女性は、お茶の水高女時代に良妻賢母の思想を教え込まれており、同時に日本統治下の台湾という外地で高級官吏の娘として育ったことで気ままな自由さも身につけていた。また耽読《たんどく》した西欧文学を通して近代的な自我に目覚めてもいた。封建的な家を中心とした考え方から、個人を重視する民主的な家族観へと移る過渡期を生きる女性たちは誰しも、多かれ少なかれ家という枠と自分らしい生き方とのバランスという葛藤《かっとう》を抱えていた。久女もまた、過渡期の女性として、家庭を守る貞女であることのプライドと、現状の変革に踏み切れないことへの焦りが胸のなかで交錯していたのである。この句はそのような矛盾を抱えた自身を外から眺めたときに、思わず漏れたつぶやきであったのではないだろうか。

今回新しく加わった補遺Ⅱには、〈兎糞ほどの賞与もらひし教師妻〉、〈子らの足袋つゞりくれたる一日かな〉という句がある。久女の句としてあまりよい出来ではないが、

「ノラともならず」と詠まれた当時の杉田家の質素な暮しと、久女の失望が窺《うかが》われる。久女はモダンな西洋画家との結婚に夢を抱いていたものの、夫は芸術への意欲を示すことはなかった。また結婚後に住んだ北九州は石炭、鉄鋼のブームに沸いており、否応《いやおう》なしに富の力を意識させた。そのような状況で久女は覇気のない田舎教師の妻の立場を、味気ないと感じたのである。

ちなみに、昭和二十七年版『杉田久女句集』では、この句はノラではなく〈足袋つぐや醜ともならず教師妻〉として収録されている。「ホトトギス」入選時はノラとなっており、久女の手書きの草稿にも間違いなくノラと書かれている。「醜《しこ》」では、句意が通らないので、久女の推敲《すいこう》とは考え難い。「ノラ」には我の強い女のイメージがあるため、それを避けて調子を穏やかにしようと、句集出版の際に編集者あるいは遺族の意向で加えられた改訂ではないかと考えられる。大正十一年に詠まれてから三十年過ぎた戦後になっても、まだ「ノラともならず」のフレーズには世間の反発が懸念されたことを示す証左となる。

話を戻せば、久女は夫婦の溝を埋めようと、不和の原因となった俳句を止めてキリスト教に入信したが救いは得られなかった。久女は江戸期からの女性俳句の進展をたどり、評論を書くことを通して、自身の作句活動と向き合った。結局大正から昭和に変わる頃に、俳句に専心する決意を固めた。当時、女性が俳句を通して自己表現をすることは、容易ではなかったことが知られる。

大正末年から昭和二年頃に、水原秋桜子《しゅうおうし》、山口誓子、阿波野青畝、高野素十という四Sと称される俳人が、清新な作品で「ホトトギス」に新風を吹き込んだ。俳句に復帰した久女も、身近な風物を詠んで独自の句境を拓いていった。

谺して山ほととぎすほしいまゝ

昭和六年に新聞社が主催した高浜虚子選「日本新名勝俳句」は全国規模の俳句コンクールで、この句は十万三千余の応募句中、最優秀の帝国風景院賞（金賞）二十句に選ばれた。

久女は四十歳、その名は知れ渡った。翌昭和七年に久女は女性俳人のための俳誌「花衣」を創刊して好評であったにもかかわらず、半年後に突然廃刊とした。このあたりに天才肌の久女の、直情径行な辛抱のない行動様式が見られよう。

作句を再開してから、昭和九年頃までが久女俳句の頂点で、日常の暮しを詠んだ精緻な写生句、『日本書紀』、『万葉集』の昔からの歴史と文化に彩られた筑紫を詠んだ佳句をつぎつぎに発表している。

句集『磯菜』上梓の難航

「花衣」を廃刊にした久女は、句集という形で作品を世に問うことを思い立った。当時、処女句集を出版する際には、師のお墨付きともいうべき序文を得るのが慣例で、久女も師と仰ぐ高浜虚子の序文を懇請する手紙を何度も書き送ったが黙殺される。上京して直訴を試みたものの序文は得られなかった。

昭和九年時点で久女の句集出版は具体化していて、句集名は「磯菜」、出版社は龍星閣と決まっていたが、序文が得られなかったために、久女の意志で取りやめとなった。残っている資料に拠れば、その後、昭和十一年に徳富蘇峰《そほう》の助力を得て、書物展望社からの上梓を企てるが、これも挫折《ざせつ》した。久女は句集出版を切望しており、作品は揃っていたにもかかわらず、虚子の序文がネックになって、生前には夢は叶わなかった。今日の自由で活気ある句集出版の状況からすれば、まさに隔世の感がある。

昭和十一年、久女は吉岡禅寺洞、日野草城とともに「ホトトギス」同人から除名される。久女にとって青天の霹靂《へきれき》の出来事であったが、いつの日か虚子の勘気が解けると信じていた。除名後に「俳句研究」（昭和十一年十二月号）につぎの句を発表した。

ユダともならず
春やむかしむらさきあせぬ袷見よ

前書に、ユダのように「ホトトギス」を裏切る者ではないというメッセージを込め、師虚子への変わらぬ思慕を訴えている。しかし事態は一向に改善の兆しを見せず、久女の思いは鬱屈《うっくつ》してついに「俳句研究」（昭和十二年十月号）に、

張りとほす女の意地や藍ゆかた
虚子ぎらひかな女嫌ひのひとへ帯

を発表するまでになる。これらの二句といい、〈ノラともならず〉の句といい、久女はこと俳句となると、すぱっと思ったままを表現するようだ。歯切れよく明快な調子は、読み手に真っ直ぐ届くが、周囲に波瀾を巻き起こすことは避けられない。

「ホトトギス」同人からの除名は、計り知れない打撃であった。久女は女性俳人の草分けとして知られており、九州で最初に「ホトトギス」同人に推挙された女性であったから、世間の目も気になり、地方都市では生きづらい状況になった。昭和十四年春に、久女は思い切って同人復帰と句集上梓を懇願する目的で上京し、「ホトトギス」発行所を訪れたものの不首尾に終わり、夢が潰《つい》えたことを悟った。

この度の補遺Ⅱに加わった、

丸ビルを歩み離れて日あたゝか
寿司うまし愛する子らと別るゝ夜

はその上京の折に詠んだものである。

旅から戻った久女は気を取り直して、いつか句集を出せる日のために、それまでに得た句を巻紙に清記し句集用の草稿を用意した。以後、久女はその草稿を風呂敷で包み、空襲のなかでも肌身離さず携えていたという。次第に久女は孤独を深め、失意のうちに終戦直後の混乱期に亡くなった。

前代未聞の同人除名、亡くなった場所が筑紫保養院（現福岡県立精神医療センター太宰府病院）という精神科の病院であったことも手伝い、久女は噂まみれになった。高浜虚子の創作「国子の手紙」、松本清張の短編小説「菊枕」、秋元松代の戯曲『山ほととぎすほしいまま』、吉屋信子『底のぬけた柄杓』、横山白虹《はくこう》「一本の鞭」をはじめとして、創作や評伝の素材とされた。エピソードには尾鰭《おひれ》がついて、驕慢《きょうまん》で異常に自己顕示欲が強く、嫉妬《しっと》深い女弟子というイメージが生まれ、久女伝説と呼ばれるまでに膨れあがった。今となっては虚子と久女の齟齬《そご》の真相は藪《やぶ》の中である。

これまで虚子との確執の原因は、もっぱら久女の個性に求められてきた。たしかに久女は天才型の人にありがちな独りよがりの傾向があり、本人も認めているようにコミュニケーションが下手で、円滑な人間関係を築くのが苦手であった。

さらに加えて、久女は師虚子を信仰に近いまで崇敬しながらも、文芸の創作に関しては自身の作品に揺るがぬ自信をもっていた。「虚子が雑詠にとりし句のみに価値ありとは思はれず。自分の一生の句 悉《ことごと》く価値あり、生命あり」と句集草稿に綴《つづ》っているように、俳句という点では、久女はあくまで自立した作家であった。久女の作家としての信念は、結社という俳句文芸の集団とは相容《あいい》れなかった。それもまた久女を孤立させた原因であろう。

このような久女個人の性癖を離れて、ここで句集出版の問題を俳句史の流れから俯瞰《ふかん》すれば、別の見方もできる。すなわち男性が中心となって形成されてきた俳壇という集団に、招かれて参入した女性がいつしか実力をつけて、独自の世界を築くようになり、男性と肩を並べて句集という形で作品発表を試みた、そのときに眼前に立ちはだかった大きな壁と捉《とら》えることもできよう。

近代の女性俳人の本格的な句集の出版は、久女以前にはほとんどなかった。飯島みさ子『擬宝珠』（遺句集）、久保より江『より江句文集』、長谷川かな女『龍膽』（「ホトトギス」離脱後の出版）などが数少ない例外である。水原秋桜子、山口誓子、富安風生、山口青邨《せいそん》をはじめ男性の俳人たちがつぎつぎと句集を出して好評を博すなかで、寝食忘れて俳句に打ち込み、帝国風景院賞に選ばれるという活躍を見せた久女が、句集をもちたいと考えるのは自然な流れであろう。久女は「ホトトギス」の女流として先頭を切って句集を出そうと意気込んだ。しかし句集出版への執着が久女を孤立させ、窮地へ追いこんでいった。久女の状況から、戦前の男性中心の世界で、いくら優れているとはいえ、なんの後ろ盾もない一主婦が句集という形で作品を世に問うことが、どれほど困難であったかを窺い知ることができる。

女性が句集を刊行できるようになったのは、もう少し後のことである。昭和十二年に星野立子『立子句集』、そして昭和十五年になると中村汀女『春雪』、星野立子『鎌倉』、東（三橋）鷹女《たかじょ》『向日葵』、竹下しづの女『颱《はやて》』、十六年に橋本多佳子『海燕《うみつばめ》』と出版が続き、のちに四Tと称される女性俳人の句集が出揃う。大正時代に始まった女性俳人の育成の方針が効果をあげて機が熟し、ようやく女性の俳人が活躍する時代が到来した。トップランナーであった久女は、生前には宿願の句集をもつことができなかったのである。

遺句集『杉田久女句集』出版

久女の句集について留意すべきことは、久女本人が校閲したものではなく、遺族の手による遺句集という点である。長女石昌子さんは寂しく死んでいった母久女の供養のために、なんとしてでも句集を出版しようと思った。終戦後の混乱期という事情もあり、遺句集の刊行は遺族の努力にもかかわらず難航した。そのなかで「俳句研究」の編集長石川桂郎《けいろう》から申し出があり、雑誌の版元であった目黒書店から上梓することになった。桂郎は久女の弟子であった宮本正子に俳句を教えられたことから、久女の孫弟子を自認しており、忘れられていた久女に光を当てようと顕彰に努めていた。

だが久女は句集出版に関してよくよく不運であったようだ。久女句集近刊の広告が「俳句研究」に何度か出た。昭和二十六年五月号には橋本多佳子の『紅絲《こうし》』と並んで『杉田久女句集』近刊予約募集の広告が載っている。ところが多佳子の『紅絲』は無事刊行されたが、久女句集は出ないまま目黒書店は倒産してしまった。宙に浮いた久女句集は、石川桂郎の尽力で角川源義が引き受けることになり、角川書店から昭和二十七年十月に刊行された。源義は遺族に「犠牲出版です」と語ったという。『杉田久女句集』は虚子の閲を受けた遺句約一三八五句を、若い母であった初学時代から、充実した花衣時代を経て、娘の結婚で締めくくり、一人の女性俳人の半生が浮かびあがるように配列してある。この巧みな構成には、後に小説『俳人風狂列伝』で読売文学賞を受賞する石川桂郎の助言があったのではないかと私は推測する。石昌子さんは、自身で認めているように、その時点では俳句の知識がほとんどなかったので、実際の編集にあたっては、出版を持ちかけた石川桂郎は助力を惜しまなかったはずである。

俳人久女の成果

親子二代で刊行に漕ぎつけた一冊の句集であるが、久女は俳句史でどんな役割を果たしたのであろうか。高浜虚子は句集の序文で、久女の句風を「清艶高華」と評した。この評言から、句集出版をめぐっての確執はあったものの、虚子は久女の俳句の美点を認め、評価していることが窺われる。俳句という詩型の魅力に取り憑かれた久女は、家庭内で諍いを起こし、また俳壇《つか》で多くの軋轢《あつれき》を生みながらも作句に熱中した。久女は対象に向きあい、その神髄を摑もうとして、並外れた集中力を発揮した。大正期に台所雑詠で学んだ初学時代から、わずか十年余りで内容も表現法も突出した独創性を示す句境に到達したことは驚嘆すべきである。彼女の高い美意識、古典への造詣《ぞうけい》は、韻文の格調を保つ端麗な作品を生みだした。

久女は句材の好みがはっきりしており、また当時は一般の主婦が気兼ねなく吟行に出かけられる時代ではなかったので、扱った主題はバラエティに富んでいるとはいえない。それでも久女が住んでいた北九州は幸いなことに記紀の神話の舞台であり、一円には由緒ある歌枕が多く、古典好きの彼女は大きな刺激を受けた。筑紫の風土、歴史文化を背景として、久女は文芸の香りが高い句を詠んだ。

久女の表現法でとくに注目すべきは、「や」「かな」という切字の使い方である。巧みな切字は句に堂々とした格調をもたらしている。久女の句は背後に作者の息遣いを感じさせる。久女の心を写し取った、丈の高い作品は、時代を超えて輝きを失わない。

久女は作句に励むと同時に、熱心に俳句評論に取り組んで、女性俳句の発展をたどる、堅実な構成の論考を著した。さらに洒落《しゃれ》た随筆、および台湾で過ごした幼少期、板櫃川河畔の家庭生活など、身辺に取材した小説も多数執筆している。句よりはるかに量が多いこれらの文章は、あふれるほど語りたいことが久女の胸に秘められていたことを窺わせる。創作発表の場が限られていた久女が、存分に思いを語り尽くせなかったことは惜しまれる。

『杉田久女句集』と補遺について

本書は昭和二十七年版『杉田久女句集』、〈補遺Ⅰ〉、〈補遺Ⅱ〉から構成されている。昭和二十七年版の句集の基となったのは、久女が遺した句集草稿である。この草稿は昭和十四年八月から九月に久女が未来の句集刊行に備えて、それまで得た全句を墨書し選句をしたものである。百十六枚からなる草稿は、感想文も交ざり、毛筆のために難読であるが、久女の手による貴重な句業の総括として、現在は小倉の圓通寺《えんつうじ》に奉納され、また写真版として石昌子編『杉田久女遺墨〈続〉』（東門書屋　平成四年）に収められている。

久女の没後、長女石昌子さんは「ホトトギス」のバックナンバーを参照しながら草稿を整理し、虚子の閲を受けた。このようにして選ばれた一三八五句は石昌子編『杉田久女句集』として昭和二十七年に角川書店から刊行された。そこには虚子の序句と序文、石さんのあとがき「母久女の思い出」が収録されている。句はおよその制作年順に「堺町」（大正七年─昭和四年）、「花衣」（昭和四年─十年）、「菊ヶ丘」（昭和十年─二十一年、ただし実際に収められているのは、久女が草稿を作成した昭和十四年の作品まで）の三部に分けてある。

昭和四十四年に、二十七年版を編年体に組み直し、表記を手直しして、巻末に補遺として句集未収録の二四四句を収録したものが角川書店から刊行された。なお、この版では虚子の序文は削除されている。

補遺は『杉田久女読本』（「俳句」昭和五十七年九月　臨時増刊）で五七四句に、『杉田久女全集』（平成元年　立風書房）では五九八句に拡充された。

本書では収録句数が多い立風版の補遺を〈補遺Ⅰ〉として再録し、それ以後に見つかった句を〈補遺Ⅱ〉としてまとめた。

〈補遺Ⅱ〉の構成と編集

〈補遺Ⅱ〉の大きな部分を占めるのは『最後の久女　杉田久女影印資料集成』（平成十五年十月　私家版）で公開された資料に拠る句である。『最後の久女』は、石昌子さんが久女の婚家、奥三河の杉田家で見つけた資料を写真版で公開したもので、そのなかの久女自筆ノートは「断想」と名づけられた。ちなみにノート「断想」は、前述の句集草稿とはまったく別のもので、記したのは草稿をまとめてから二年後、昭和十六年八月十四日から二十日である。久女はつれづれなるままに、ある日は古い句帳を眺めて句を書き写し、またある日は近年詠んだ句を記しているようだ。草稿が出版を意識した正式な句稿とすれば、ノート「断想」はいわば日記風の覚書である。人に見せるためのものではない覚書であるため、面倒な漢字の代わりに平仮名が多く用いられている。ここには八三三句が記され、久女は自選して五〇三句に〇を付けている。

本書はこれらの句のうち、句集および〈補遺Ⅰ〉に収録されている句、重出句、推敲の過程と思われる類似した句を割愛して、約五九〇句を〈補遺Ⅱ〉に加えた。句が詠まれた時期については、ノート「断想」のところどころに記された日付、俳誌に既発表の類似句や、久女の経歴上の事実、また文体の特徴を手がかりとした推定による。なお句数が多く、長期にわたっているため掲載にあたっては、おおよその時代順になるように、後述の別の句群を適宜挟んだ。

・[第一期] 大正六年から十二年頃

初学時代の古い句帳の句を書き写したものである。当時、久女は三十代で、句からは杉田家の若い夫婦と幼い子ども（長女昌子九歳、次女光子四歳）の親しく賑《にぎ》やかな暮しぶりが浮かぶ。また漁村であった日明《ひあがり》の風景、その後転居したポプラ並木の路地奥の堺町の家と、宇内と久女が丹精した畑の作物などが詠まれる。

小倉は南国の九州ではあるが、気候的には山陰地方に似ており、冬は寒さが厳しかった。また、久女の夫は奥三河で山林を所有する大地主の跡取りであったが、嫁として夫の生家に長期滞在したことがあり、山村生活も句材となっている。

・[第二期] 昭和三年から五年頃

長女が同志社女子専門学校に入学し、休みに帰省していた頃の日常を詠んでいる。[第一期][第二期]の作品は、技巧を凝らさず、素直に詠まれたものが多い。いきいきとした生活感にあふれており、背景には大正から昭和初期の時代相も浮かぶ。

・[第三期]「ホトトギス」同人削除後の昭和十三年頃以降

久女は四十代後半から五十歳頃。五十五歳で没した久女にとっては晩年の作品となる。俳壇から孤立し、作品発表の機会がなかったため、これまで知られていない句群である。身辺詠のほかに昭和十四年に上京した折の句、小倉近郊や母が住む宝塚で詠んだ句、長兄が亡くなった折の句、昭和十五年の紀元二千六百年をテーマに試みた連作などが記されている。

〈補遺Ⅱ〉にはさらに、長女夫婦への贈り物として、昭和十五年に近詠を墨書した折本「久女作品集」に記された作品を収録した。

現在知られている最晩年の句は、宇内の父、杉田和夫の葬儀で昭和十七年八月から二十日ほど奥三河に滞在した折に詠んだ十六句である。

これらの晩年の作品は心に浮かんだままを書き留めたようで、同工異曲の句が多い。家に籠もり、家族以外との交流が乏しかったらしく、句材が限られており、気分も沈みがちであったことが窺われる。句集出版の断念によって大きな痛手を被った久女にとって、俳句はもう喜びではなくなっており、推敲を重ねた全盛期の作品のような格調や、勢い、張りはない。しかし、それでも彩りの少ない日常を句に詠み、記録しておこうとする意気込みは感じられる。波瀾万丈の二十余年の歳月が流れて、ノート「断想」を記した時点で、長女昌子は結婚して鎌倉に住んでおり、次女光子は、その年の秋に結婚することが決まっていた。母親として一息ついた状況になっていた久女は、当時は珍しかったトマトを植え、横浜の園芸専門店から鈴蘭を取り寄せて、花を眺めてロマンチックな気分に浸り、寂しくはあるが静かで落ち着いた心境であったことが窺われる。

以上が『最後の久女』から採録した作品である。

〈補遺Ⅱ〉には、この他に「花衣」に発表した句のうち句集未収録の四十一句、色紙として知られた句、他の人の文章で言及されてその存在を知られている句を収録した。さらに「ホトトギス」、長谷川零余子が編集した総合誌「電気と文芸」（発行地は、東京）、「曲水」（東京）、「玉藻」（東京）、「藁筆」（東京）、「木犀」（福岡）、「天の川」（福岡）に発表された若書きの作品も収録した。〈補遺Ⅰ〉で集め漏れた句のいわば落ち穂拾いの作業である。また北九州在住の増田連氏が収集した地元の俳誌「数の子」（門司）、「無花果」（八幡）、久女が指導した句会の「白菊句会報」（小倉）に発表した句を載せた。〈補遺Ⅱ〉の作成に際し、忠実に一次資料にあたり、未収録であった句をできる限り探索するように努めた。作業は久女が遺した句集草稿を参照しながら進めた。久女没後に貴重な資料の保管に心を尽くされた御遺族に感謝を捧《ささ》げ、また地元で長年にわたり久女関連の資料を集めてこられた増田連氏のご尽力に敬意を表したい。久女関連の資料を保管する北九州市立文学館にもたいへんお世話になった。記して御礼申し上げる。

ふり返って、久女の俳句生涯は悲運であったかもしれない。しかし不器用ではあったが大正から昭和初期を、俳句作家としての自覚と誇りをもって懸命に生きた一人の俳人のドラマ性のある生涯が、今は追い風となって後世の人を惹《ひ》きつけている。この度の新版『杉田久女全句集』刊行によって、久女の俳句世界の全貌を知ることができるようになったことは大きな喜びである。

二〇二三年朱夏

編者　坂本宮尾

年　譜

一八九〇年（明治二十三）

五月三十日、鹿児島市平之馬場町で父赤堀廉蔵、母さよの三女として生まれる。本名ひさ（久）。父は長野県松本市出身、鹿児島県庁勤務の官吏。母は兵庫県出石《いずし》町出身の華道教授で、池坊龍生《りゅうせい》派最高職、関西家元代理を八十八歳まで務めた。兄二人、姉二人（長姉は夭折《ようせつ》）。二年後に弟信光が生まれる。その後、岐阜県大垣に住む。

一八九五年（明治二十八）　五歳

十月、父の沖縄県庁への転勤に伴い、一家は那《な》覇《は》へ転居。

一八九七年（明治三十）　七歳

四月、那覇の小学校へ入学。五月、父が日本領となった台湾に税制を敷くための調査に赴くことになる。台湾の嘉義《かぎ》に到着し、七月、病弱であった弟信光が病没。その後、台北に移る。亜熱帯の色彩豊かな自然のなかで幼少期を過ごす。

一九〇二年（明治三十五）　十二歳

四月、台北の小学校卒業後、東京女子高等師範学校（現お茶の水女子大学）附属高等女学校に入学。勉学の他に、西洋料理、フランス刺繡を習い、コチロン、クヮドリールというダンスを踊り、恵まれた学生生活を過ごす。

一九〇六年（明治三十九）　十六歳

父の内地転勤で一家は台湾から引き上げる。父は宮内省、学習院の会計官となり、学習院官舎に住む。東京の上野桜木町に転居。

一九〇七年（明治四十）　十七歳

三月、同校本科卒業。東京の目白に転居。

一九〇九年（明治四十二）　十九歳

杉田宇内《うない》と結婚。宇内は愛知県西加茂郡小原村松名出身。奥三河の素封家の長男で、東京美術学校（現東京藝術大学）西洋画科卒業後、同研究科を中退して福岡県立小倉中学校（現小倉高校）図画教師として赴任していた。小倉市鳥町、その後京町に住む。

一九一一年（明治四十四）　二十一歳

八月、慣例に従い夫の実家の小原村にて長女昌子《まさこ》出生、約一年間滞在。嫁として両親に気に入られていた。

一九一三年（大正二）　二十三歳

義母杉田しげ没。小原村に滞在し義父の世話をする。

一九一四年（大正三）　二十四歳

板櫃《いたびつ》川河口に面した市外日明《ひあがり》（福岡県企救《きく》郡板櫃村大字板櫃二五三六番地、現小倉北区）に転居。家の近くには極楽橋という木橋がかかり、当時一帯は夜毎に川霧が立ちこめ、漁船の艫《ろ》の音が聞こえる寂しい漁村であった。

一九一六年（大正五）　二十六歳

八月、次女光子《みつこ》出生。次兄赤堀忠雄《ただお》（月蟾《げっせん》）より俳句を学ぶ。

一九一七年（大正六）　二十七歳

一月、「ホトトギス」の第二回「台所雑詠」に初めて〈鯛を料るに俎せまき師走かな〉など六句が載る。五月、東京の実家に里帰り中、飯島みさ子邸で開かれた婦人俳句会で高浜虚子に初めて会い、長谷川かな女、阿部みどり女を知る。八月、随筆「小倉の祇園祭」（「ホトトギス」）。

一九一八年（大正七）　二十八歳

二月、曽田《そだ》公孫樹《こうそんじゅ》、太田柳琴《りゅうきん》などが始めた句会、二八会に参加。四月、「ホトトギス」雑詠に〈艫の霜に枯枝舞ひ下りし烏かな〉が初入選。八月、砂津川畔の小倉市堺町百十一番地（現小倉北区紺屋町）へ転居。堺町小学校裏のポプラ並木の路地の突き当たりにある古い借家で、畑に囲まれており、夫婦で野菜や花を育てた。十一月、随筆「梟啼く」（「ホトトギス」）。十二月、実父赤堀廉蔵没。

一九一九年（大正八）　二十九歳

二月、投句していた「曲水」の渡辺水巴《すいは》選「曲水句帖欄」で、〈み仏に母に別るゝ時雨かな〉など四句が巻頭となる。大阪毎日新聞懸賞小説に「河畔に棲みて」を応募、選外佳作となり、のちに長谷川零余子《れいよし》が編集する「電気と文芸」創刊号に掲載される。五月、下関での高浜虚子歓迎俳句大会に出席。六月、〈花衣ぬぐやまつはる紐いろ〳〵〉など六句が「ホトトギス」雑詠三席となり、八月号「俳談会」で虚子に評価される。

一九二〇年（大正九）　三十歳

一月、「天の川」の「九州婦人十句集」の幹事を務める（八月まで）。随筆「竜眼の樹に棲む人々」（「ホトトギス」一月、二月）。八月、父の納骨式のため松本に行き、腎臓病を発病する。東京の実家に戻り、入院治療。離婚問題が起きる。十月、随筆「病院の秋」。

一九二一年（大正十）　三十一歳

一月、小説「葉鶏頭」（「電気と文芸」）。二月、小説「四人室」（「電気と文芸」）。七月、一年ぶりで小倉に戻る。作句を一時やめ、句友で小児科医の太田柳琴らに導かれ教会に通う。九月、中村汀女《ていじょ》を熊本県江津湖畔に訪ねる。

一九二二年（大正十一）　三十二歳

一月、随筆「夜あけ前に書きし手紙」（「ホトトギス」）。二月、「ホトトギス」雑詠入選の〈足袋つぐやノラともならず教師妻〉〈冬服や辞令を祀る良教師〉が家庭内で物議をかもす。小倉メソジスト教会（鍛冶町教会）で受洗。のちに夫宇内も受洗。三月、太田柳琴の斡旋《あっせん》により橋本邸櫓山荘で虚子歓迎俳句会が開かれ、参加する。橋本氏に頼まれ、夫人（のちの橋本多佳子）に俳句の手ほどきをする。

一九二三年（大正十二）　三十三歳

四月、私立勝山高等女学館で宇内の代理として図画と国語を教える。

一九二四年（大正十三）　三十四歳

県立京都《みやこ》高等女学校で卒業生、保護者にフランス刺繍の講習会を開く。

一九二五年（大正十四）　三十五歳

一月、随筆「出石まで」（「雲母」）、随筆「このごろ」（「天の川」）。五月、松山での虚子歓迎俳句大会に出席。

一九二六年（大正十五／昭和元）　三十六歳

七月、姉越村しづ（静）没。三歳上の姉の死に衝撃を受ける。十一月から翌年二月まで福岡県箱崎で病気静養。教会を離れる。俳句に専念する決意を固め、女流俳句の研究に取り組む。

一九二七年（昭和二）　三十七歳

四月、道後での第一回関西俳句大会に出席。七月、評論「大正時代の女流俳句に就て」（「ホトトギス」）、虚子歓迎俳句大会（別府、亀の井ホテル）に出席。九月、随筆「瓢作り」（「天の川」）。

一九二八年（昭和三）　三十八歳

一月、座談会「筑紫俳壇漫議」（「ホトトギス」）出席。二月、評論「大正女流俳句の近代的特色」（「ホトトギス」）。四月、評論「近代女流の俳句」（「サンデー毎日」）。四月、長女昌子、同志社女子専門学校入学。十月、福岡での第二回関西俳句大会出席。小倉広寿山福聚《ふくじゅ》禅寺にて虚子歓迎俳句会を開催。

一九二九年（昭和四）　三十九歳

三月、「天の川」婦人俳句欄選者を務める（三一年四月まで）。四月、次兄赤堀月蟾没。六月、俳論「婦人俳句に就て」（「天の川」）。九月、改造社版『現代日本文学全集』第三十八編の『現代短歌集・現代俳句集』に作品掲載。俳句編に収録された女性俳人は、久女と長谷川かな女、本田あふひ、久保より江の四名。十月、随筆「阿蘇の噴煙を遠く眺めて」（「阿蘇」）。十一月、大阪での「ホトトギス」四〇〇号記念第三回関西俳句大会に橋本多佳子と出席。

一九三〇年（昭和五）　四十歳

五月、書評「感じたまま」（「馬酔木」）、随筆「俳句をつくる幸福」（「天の川」）、六月、「玉藻御創刊を祝して」（「玉藻」）。八月、「玉藻」課題句選者。九月、「かりたご」（清原枴童《かいどう》主宰俳誌、朝鮮釜山《プサン》発行）の婦人雑詠選者を務める（一九三五年四月まで）。

一九三一年（昭和六）　四十一歳

三月、小倉市富野菊ヶ丘五六〇番地（現小倉北区上富野）へ転居。小倉中心街から二キロ東の高台にある玄海灘《げんかいなだ》を臨む二階建ての二軒長屋。近くの「東小倉駅」から小倉鉄道で添田《そえだ》へ、そこから英彦山に向かうことができた。四月、虚子選の日本新名勝俳句山岳の部〈英彦山〉で〈谺して山ほととぎすほしいまゝ〉が帝国風景院賞金賞に入選。随筆「日本新名勝俳句入選句」。虚子の長寿を願って菊枕を作り、年末に送り、虚子から礼状が届く。

一九三二年（昭和七）　四十二歳

一月、随筆「火をかきたてよ」（「天の川」）。三月、主宰誌「花衣」創刊。随筆「落椿」（「花衣」）。七月、「ホトトギス」雑詠初巻頭、〈無憂華の木蔭はいづこ仏生会〉など五句。八月、随筆「種を蒔くよろこび」（「花衣」）。九月、「花衣」五号で廃刊。十月、「ホトトギス」同人に推挙される。西海道では同人は当時、吉岡禅寺洞と久女の二名。

一九三三年（昭和八）　四十三歳

二月、「玉藻」課題句選者。四月、次女光子が東京の女子美術専門学校に入学。句集刊行を志して上京し、池上浩山人《こうさんじん》を訪ね、虚子に序文を懇請するも得られず。七月、「ホトトギス」雑詠巻頭、〈うらゝかや斎《いっ》き祀れる瓊《たま》の帯〉など五句。十二月、随筆「菊枕」（「九州日報」）。

一九三四年（昭和九）　四十四歳

四月、句集序文を請うため上京するも虚子に会えず。随筆「鶴料理る」（「かりたご」）。五月、「ホトトギス」雑詠巻頭、〈雪颪す帆柱《ほばしら》山冥し官舎訪ふ〉など五句。八月、ラジオ放送「境涯から生れる俳句」（日本放送協会小倉放送局）出演。随筆「朱欒の花さく頃」執筆。

一九三五年（昭和十）　四十五歳

四月、須磨寺《すまでら》の虚子歓迎俳句大会に出席。五月、「現代俳句」（アルス）に句集『磯菜』刊行予定の記事が載る。「ホトトギス」九月号からしばらく雑詠欄に入選句なし。五月、二十名ほどの句会が久女宅で開かれ、会報「白菊句会報」が出された。「花衣」終刊後も小倉で久女を中心とした句会が続いていた。九月、随筆「吾が趣味」（「俳句研究」）。

一九三六年（昭和十一）　四十六歳

二月、徳富蘇峰《そほう》が久女の原稿を書物展望社に出版依頼。門司港にて箱根丸で渡仏の虚子を送る。十月、「ホトトギス」の社告により草城・禅寺洞とともに同人より削除される。

一九三七年（昭和十二）　四十七歳

十月、〈虚子ぎらひかな女嫌ひのひとへ帯〉など「青田風」十句（「俳句研究」）。十一月、長女昌子、石一《いし》郎と結婚、挙式のため上京。

一九三八年（昭和十三）　四十八歳

七月、〈百合を掘り蕨を干して生活す〉など二句が「ホトトギス」最後の掲載となる。

一九三九年（昭和十四）　四十九歳

五月、上京してホトトギス発行所を訪ねたが虚子に会えず。帰路宝塚の母のもとに滞在して、帰宅。七月、「プラタナスと苺」四十二句（「俳句研究」）が最後の俳句発表となる。八月末から九月にかけて、それまでの全句を整理、自選して句集草稿を作る。

一九四〇年（昭和十五）　五十歳

二月、長兄赤堀廉行没。宇内と宝塚の葬儀に参列。石一郎・昌子夫妻のために近詠を墨書して「久女作品集」を作る。紀元二千六百年にちなむ連作を試みる。鈴蘭、トマトなど園芸を楽しむ。

一九四一年（昭和十六）　五十一歳

八月、新旧の句や感想を思いつくままにノートに記す。のちにノートは「断想」と名づけられた。十月、次女光子、竹村猛《たけし》と結婚、挙式に上京。新婚夫婦は台湾に赴任。

一九四二年（昭和十七）　五十二歳

八月、義父杉田和夫没。小原村に滞在し、句を詠む。これが知られている最後の作品。

一九四四年（昭和十九）　五十四歳

七月、母赤堀さよ没。葬儀に上阪。鎌倉の長女昌子を訪れ、句集出版の願いを託す。

一九四五年（昭和二十）　五十五歳

十月、太宰府の福岡県立筑紫保養院（現県立精神医療センター太宰府病院）へ入院。

一九四六年（昭和二十一）

一月二十一日、太宰府にて腎臓病悪化のため没、密葬。享年五十五。二月、愛知県小原村松名にて本葬。杉田家裏山の墓地に納骨。戒名、無憂院釈久欣妙恒大姉。十一月、虚子、随筆「墓に詣り度いと思つてをる」（「ホトトギス」）。

一九四八年（昭和二十三）

十二月、虚子、創作「国子の手紙」（「文体」）。

一九五〇年（昭和二十五）

九月、「俳句研究」で石川桂郎が「杉田久女特輯」を組む。

一九五二年（昭和二十七）

十月、石昌子の手で角川書店より『杉田久女句集』刊行。序文・序句、高浜虚子。装幀は池上浩山人。

一九五三年（昭和二十八）

七月、松本清張による短編「菊枕」（「文藝春秋」）。八月、「菊枕」をめぐり東京新聞紙上で、石昌子の夫石一郎と清張の論争。

一九五七年（昭和三十二）

宇内の計らいで両親の眠る松本市宮渕《みやぶち》の赤堀家墓城に分骨。墓碑銘は虚子筆。

一九六二年（昭和三十七）

五月、杉田宇内没。

一九六八年（昭和四十三）

二月、『久女文集』（私家版）刊。

一九六九年（昭和四十四）

七月、石昌子編『杉田久女句集』（編年体　増補新版）角川書店刊。

（最新の石昌子編「杉田久女年譜」（『杉田久女随筆集』講談社　二〇〇三年）、および久女が書いた随筆、各種の久女についての評伝・論考を参考に、これまでの調査結果を加えて坂本宮尾が作成）

■初句索引

・本書所収の全作品の初句を現代仮名遣いの五十音順に配列した。
・漢数字はページ数を示す。
・初句が同一の場合は第二句を、第二句まで同一の場合は第三句を示した。

あ

な

は

ま

■季語索引

・本書所収の全句を、概ね角川書店編『合本俳句歳時記 第五版』及び『新版 角川俳句大歳時記』に従って、季語別に分類、現代仮名遣いの五十音順に配列した。
・漢数字はページ数を示す。季語が二つ以上ある句は各々の季語にページ数を記載した。無季の句は本索引に収載していない。

か

本書の各部は以下を底本としました。
・杉田久女句集　『杉田久女句集』（角川書店／昭和二十七年）
・補遺Ⅰ　『杉田久女全集』第一巻（立風書房／平成元年）
左記二部については、増補新版『杉田久女句集』（角川書店／昭和四十四年）、初出の俳誌、および久女が残した句集用の手書き草稿（北九州市、圓通寺蔵）を参照のうえ、それぞれ若干の訂正を加えました。
・補遺Ⅱ　『最後の久女　杉田久女影印資料集成』（私家版／平成十五年）に写真版で収められた久女の遺稿、および当時の俳誌から収集。
・随筆　『杉田久女全集』第二巻（立風書房／平成元年）、適宜『久女文集』（私家版昭和四十三年）を参照。
本書の表記は原則として、俳句は旧かな・新漢字、文章は新かな・新漢字としました。

また、読みづらいと思われる漢字には適宜ルビを付すか平がなにあらためました。

本書には、唖、やぶにらみ、鮮人、土人など、今日の人権意識や歴史認識に照らして不当・不適切な語句や表現がありますが、著者が故人であること、また扱っている題材の歴史的状況およびその状況における著者の記述を正しく理解するため、底本のままとしました。

杉《すぎ》田《た》久《ひさ》女《じょ》全《ぜん》句《く》集《しゅう》

杉《すぎ》田《た》久《ひさ》女《じょ》
坂《さか》本《もと》宮《みや》尾《お》＝編

令和5年 9月25日　初版発行

発行者●山下直久

発行●株式会社KADOKAWA
〒102-8177　東京都千代田区富士見2-13-3
電話　0570-002-301(ナビダイヤル)

角川文庫 23783

印刷所●株式会社暁印刷
製本所●本間製本株式会社

表紙画●和田三造

●お問い合わせ
https://www.kadokawa.co.jp/（「お問い合わせ」へお進みください）
※内容によっては、お答えできない場合があります。
※サポートは日本国内のみとさせていただきます。
※Japanese text only

ISBN 978-4-04-400775-1　C0192

◇◇◇

角川文庫発刊に際して

角　川　源　義

第二次世界大戦の敗北は、軍事力の敗北であった以上に、私たちの若い文化力の敗退であった。私たちの文化が戦争に対して如何に無力であり、単なるあだ花に過ぎなかったかを、私たちは身を以て体験し痛感した。西洋近代文化の摂取にとって、明治以後八十年の歳月は決して短かすぎたとは言えない。にもかかわらず、近代文化の伝統を確立し、自由な批判と柔軟な良識に富む文化層として自らを形成することに私たちは失敗して来た。そしてこれは、各層への文化の普及滲透を任務とする出版人の責任でもあった。

一九四五年以来、私たちは再び振出しに戻り、第一歩から踏み出すことを余儀なくされた。これは大きな不幸ではあるが、反面、これまでの混沌・未熟・歪曲の中にあった我が国の文化に秩序と確たる基礎を齎らすためには絶好の機会でもある。角川書店は、このような祖国の文化的危機にあたり、微力をも顧みず再建の礎石たるべき抱負と決意とをもって出発したが、ここに創立以来の念願を果すべく角川文庫を発刊する。これまで刊行されたあらゆる全集叢書文庫類の長所と短所とを検討し、古今東西の不朽の典籍を、良心的編集のもとに、廉価に、そして書架にふさわしい美本として、多くのひとびとに提供しようとする。しかし私たちは徒らに百科全書的な知識のジレッタントを作ることを目的とせず、あくまで祖国の文化に秩序と再建への道を示し、この文庫を角川書店の栄ある事業として、今後永久に継続発展せしめ、学芸と教養との殿堂として大成せんことを期したい。多くの読書子の愛情ある忠言と支持とによって、この希望と抱負とを完遂せしめられんことを願う。

一九四九年五月三日